U0909453

厕所女神

[日本] 植村花菜 著
宋卉 译

译林出版社

图书在版编目(CIP)数据

厕所女神 / （日）植村花菜著；宋卉译. —南京：译林出版社，2015.5
ISBN 978-7-5447-3743-2

Ⅰ.①厕… Ⅱ.①植… ②宋… Ⅲ.①长篇小说-日本-现代 Ⅳ.①I313.45

中国版本图书馆CIP数据核字（2013）第062212号

著作权合同登记号　图字：10-2011-317号

书　　名　厕所女神
作　　者　[日本]植村花菜
译　　者　宋　卉
插图作者　象牙塔
责任编辑　张媛媛
原文出版　宝岛社株式会社 2010
出版发行　凤凰出版传媒股份有限公司
　　　　　译林出版社
出版社地址　南京市湖南路1号A楼，邮编：210009
电子邮箱　yilin@yilin.com
出版社网址　http://www.yilin.com
经　　销　凤凰出版传媒股份有限公司
印　　刷　江苏苏中印刷有限公司
开　　本　787毫米×1092毫米　1/32
印　　张　6.25
插　　页　2
字　　数　89千
版　　次　2015年5月第1版　2015年5月第1次印刷
书　　号　ISBN 978-7-5447-3743-2
定　　价　32.00元
译林版图书若有印装错误可向出版社调换
（电话：025-83658316）

目录

厕所女神敬启:

您好吗?

仔细想来,从第一次在外婆那里听说您到现在,已经十八个年头过去了。

因为想成为像您一样美丽的女性,从小我就总是拼命地打扫厕所。这样的我,如今也变得出色而成熟,已近而立之年了 (笑)。

能够走到今天这一步,我经历了许多许多。

比如,在一个稍微有点与众不同的家庭里哭过、

笑过。

比如，为了歌手这个梦想努力过。

比如，有过几段恋情。

再比如，以为已经实现了梦想，却找不到出路。

正当我想着“大概真的已经不行了吧”的时候，这首献给您的歌拯救了我，对，就是《厕所女神》这首歌。

在这首歌写成之前，我的人生正处于谷底。回首自己这不尽如意的人生，突然浮现在我脑海里的，是关于您的故事。

我是从外婆那里听说您的，于是想起了那些和外婆一起度过的日日夜夜。

想起了当初自己一个人来到东京。

想起了无论怎么努力都看不到结果的那五年。

想起了那时尽管心酸、努力白费、信心受挫、意志消沉，我仍然每天都认认真真地打扫厕所。

而现在，有非常多的人听我唱这首献给您的歌。

我想，在大家心中，一定也都有了他们各自的厕所女神吧。

因为从小就相信您的存在,所以当这次有人问我要不要把关于您的故事写成一本书时,已长大的我决定用这只拙笔,将那个小姑娘的曾经记录成书。尽管我不确定,我是不是真的长成了跟您一样美丽的女性。

女神,今后还请继续守护我和我的家人。

植村花菜

第一章 厕所女神

植村一家子

“外婆，我回来了！”

每天放学后，我总是一边大声叫着，一边随手把书包往地上一放，一路小跑着奔向客厅。

客厅里有一个下沉式被炉[①]，而外婆总是坐在那里。

“我跟您说哦，今天麻衣她啊，很危险呢。她在刚抹过的走廊上滑了一跤，结果撞到了头。”

---

① 日本人家冬天时，一般会在榻榻米上放一张矮方桌，上面有一床棉被，桌下有电动取暖器，称为“被炉”。“下沉式被炉”的桌子下方有下沉空间，腿无需盘起，可以悬垂放进，和坐椅子感觉差不多。——本书注释均为译者所加。

“真的?! 那可真是危险。你慢慢说给外婆听,先去把手洗了。”

“知道了! 我跟您说然后哦,然后……”

“嗯,然后?”

“然后花菜[1]就急急忙忙跑去找老师。”

“后来呢?”

“后来因为太着急了,花菜也摔了一大跤!”

“哈哈哈哈……”

“啊哈哈哈……”

我和外婆两个人就这样每天为着无聊的小事一起哈哈大笑。那个时候我以为,这样的日子会一直持续下去。

我是小学三年级的时候搬去和外婆一起住的。不过,说起来是外婆家,其实就在我自己家隔壁,用的是同一块地皮。从那时候起外婆家就成了我的家,和我同住的家人只有外婆一个人。而妈妈则带着两个姐姐和哥哥住在隔壁,成了我的邻居。

---

① 日本的小孩子,也包括一些成年女性,在称呼自己的时候,直接用自己的名字而不是“我”。

为什么身为老幺的我一个人去外婆家住了呢？说实话原因我也不记得了。根据后来了解的情况，应该是因为外公去世后，外婆变成了孤零零的一个人，很可怜。

“花菜，你和外婆最亲，你就去陪她住吧！”二姐美绪一声令下，便拍板定下了。

你们大家一定在想：“啊？哪能这样就决定了？”但事实是，就这么决定了。我们植村家，就是这么有点怪怪的一家子。

下面就来介绍一下我们植村家的成员吧。

首先介绍的是和我同住的家人，外婆植村和嘉女士。

和嘉女士的头发染成了栗色，干净漂亮地盘在脑后。她总是笑眯眯的，为人和善。我记得平时她会穿毛线外套配裤子，但是遇到出门的正式场合，她会换上浅色的连衣裙配上一条珍珠项链，手上再戴上一枚大大的戒指。

直到外公去世前，外婆一直是总经理夫人。而且，听说外公的公司发展壮大靠的是外婆的商业头脑。在和外婆结婚前，外公经营的“植村热水瓶”公司（好像是生产热水瓶胆的）生意并不景气，婚后却生意兴隆了好多。

外婆的兴趣是炒股票，我以前经常没头没脑地跟着她去某某证券公司或者某某银行。二姐美绪告诉我说，外婆曾经对她说过："等你们再长大一点，我就把这些操作的流程教给你们。关于钱的学问你们要好好学。"

外婆经常和我下五子棋，大概是因为她有个学理科的头脑吧。

其实，外婆之前曾结过一次婚，和植村家外公是再婚。至于我妈妈的生父，也就是我真正的外公的故事，我后面再详述。

现在来介绍的是植村家另外一些成员，他们就是住在我家隔壁的邻居，我的妈妈洋子和长女桃子姐姐（大我九岁）、长子光生哥哥（大我六岁）、次女美绪姐姐（大我四岁），他们共四个人。

在我一岁零三个月的时候，妈妈和爸爸离婚了，我长大的过程中完全没有一丁点儿关于爸爸的记忆。妈妈在她那一代人中个子算高的。虽然由做女儿的说有点不好意思，但是她肤色白皙，确实是个美人。只不过呢，家里的很多矛盾都因她而起，总之，她是个“厉害”角色。只要有妈妈在的地方，就总归会发生点什么。有这样一个特立独行的妈妈，真的很难说我们四兄妹都“很普通”，我们的生活简直就像在坐过山车一样。

下面再来具体介绍一下植村家的孩子们：

长女桃子用一个字形容就是“酷”，她撇下这个乱哄哄的家不管，一门心思走自己想走的路。

而哥哥光生则总感觉在这个家里住得不是很舒服。因为外公去世后，他就是植村家唯一的男丁了。尽管他有点粗鲁，但其实是个内心温柔的人。

排行老三的美绪和我岁数相差最少，关系也最好。我们一起上学放学，长大后也常一起去唱唱卡拉OK、逛逛街什么的。我和她聊天最多，有事了也最爱和她商量。

对于这个年代的家庭来说，四个孩子算很多了。我周围就只有我们家是这样。

由于家人多，有时候有些事情就很难处理。

比如家里有人建议“要不今天出去吃吧”，可去吃什么却总是决定不下来（顺便说一下，作为老幺，我提出的意见基本没有被同意过)。不过尽管这样,这种乱哄哄的情形对于我来说却是很亲切美好的回忆。

因此,我自己也很想要四个孩子。

这样的植村家面对的最大转折,就是之前提到的外公的去世。

尽管七十岁之后肝脏不太好,体力有点跟不上,但不管怎么说,外公都是公司在任的总经理,总是很有精神的。外公长得很像松平健[①],颇有绅士风度。

有一次,外公去香港出差,结果在那儿得了感冒,后来又转成了肺炎。出发前,外婆曾提醒他:“香港好像挺冷的,还是多穿点儿吧。”可是外公却说,如果冷的话就在那边买点儿衣服,然后,他就轻装上阵了。结果他一回国就身体不适,住进了医院。本以为他很快就能康复出院,可没想到他竟然就这么去世了……

外公病危期间,有一天,我们全家都去看望他,那时他已经没有意识,连一句话都说不出来了。回到家后,我们正在玩着球类的游戏,医院来了电话——“外公死了!!”我扯开嗓子放声大哭起来。

而外公的去世,给植村家带来的并不仅仅是悲伤。

---

① 松平健(1953—),日本著名时代剧演员兼歌手。

由于外公是总经理，在他去世前，我们一家人在生活上都没有什么不方便之处。从上学来讲，虽然大姐桃子和哥哥光生上的是公立学校，我上的却是私立学校。(不过，因为不能和附近的孩子成为朋友，我其实很不喜欢。)二姐美绪本来上的也是公立学校，但是好像同学都说她傻傻的，适合上私立学校，于是，她就中途转到我所在的这个学校来了。

外公还活着的时候，我们全家经常会一起去植村家定点的法国餐厅。大家都会穿上漂亮的衣服，大人们喝红酒，小孩子们喝葡萄汁。

在我印象中，那里的食物和酒都很美味，虽说这其实并不是我这个年龄能够品味得出的。我最期待的就是去那家餐厅吃威士忌酒心巧克力。因为特别喜欢，我总是一个接一个地吃，还推荐给二姐："美绪姐，这个很好吃的，尝尝吧？"

"什么？真的吗？谢谢啦。"

开开心心地把巧克力放进嘴里的美绪叫道："哇！！这个里面有酒哎！"

"哎？可是很好吃啊。有酒吗？"

"就是一股酒味儿！真难吃！"

也不知是遗传了谁的基因，在还不知道酒是什么的年纪，我就已经喜欢上了酒的味道。虽说谈不上“三岁看老”，但的确一直到现在我都比较能喝酒。

一家人在一起各自说着自己的话，也不管内容是否连得上，大家在一起开心地说笑，一直开心地说笑着。

这样一幅随处可见的家庭场景，在外公去世后却一下子改变了。

植村家生活上开始有需要担心的事情了，但在那时，我还是个孩子，对此并不是很清楚。更糟糕的是，外公刚一去世，妈妈就说了一句话：“一直都想告诉你们的，外公其实和我们没有血缘关系。”说这句话的时候，妈妈眼里闪着淡淡的泪光。

这么大的事情，我们兄妹几个之前却一点都不知道，所以都非常地吃惊。而我们之中，哥哥光生受到的打击最为严重。因为一直以来他都非常爱外公，加上外公是家里除他之外唯一的男性，对哥哥来说，外公就是他尊敬的对象和内心的依靠。那时，哥哥正在读初中二年级，正值情绪敏感的年纪，有一段时间他甚至都不开口说话了。

于是，从那一天起，我们家的一切都变得不对劲了。明明曾经是那样一个开心、彼此亲近的家庭。

我记得外公葬礼的时间很长，来了很多不认识的长辈，而我则一直低着头，不知为什么心里有些不安，有客人来到面前时我就微微地鞠一躬。

那之后不久，我就搬去隔壁外婆家，和她一起生活了。

作为植村家的老幺出生。我生下来的时候，大姐九岁，哥哥六岁，二姐四岁。

我四岁生日。

大家在植村家定点去的法国料理店一起吃饭。那个时候是最快乐的时光。

外婆和桃子姐（大姐）

大理石般的煎鸡蛋

在外婆家的第一个早晨是这样的。

我看见桌子上竟然放着准备好的煎鸡蛋、火腿和面包。

“有早饭！有正常的早饭！”我开心得不得了。

我之所以这么开心呢，是因为在那天之前我从来都没有见到过为我准备好的早餐。

前面也曾稍微提了一下，我妈妈这个人很特别，为人处世也就和其他“正常的妈妈们”不太一样。

比如她从来没有给孩子们做过早餐。她倒也并不是讨厌做饭，事实上她很擅长，做出来的饭菜也很好吃。但是，真的从我记事起，她就一次早餐也没有做过。也可能是因为早上那会儿,她都在忙着给我们准备中午的便当吧。

在妈妈准备便当的时候,我们几个孩子就各自烤自己的面包,然后涂上些果酱之类的吃掉,这样一顿早餐就算吃完了。但是,从跟朋友聊天或电视节目中,我知道别人家的早餐都是很豪华的(或者其实这才是普通的?),都有大酱汤啊、烤鱼啊什么的,就算吃面包的时候,也会配有火腿啊、香肠啊等等,让我羡慕得不得了。而现在,这种做梦都会梦到的早餐居然就在外婆家的餐桌上看到了!

但是……

难得有机会可以吃上配有火腿和煎鸡蛋的豪华早餐,可其中的煎鸡蛋却是我不喜欢吃的。准确地说,我不喜欢吃半熟的蛋黄,所以每次只把周围的蛋白吃掉,而蛋黄的部分则用刀叉干干净净地剔除出来。因为觉得很对不起为我煎鸡蛋的外婆,却又没法直接跟她说“我讨厌半熟的蛋黄”,所以每天早上我都很苦恼。

几天之后,外婆问我:“花菜讨厌吃蛋黄,是吗?”

“嗯,很讨厌蛋黄在嘴巴里面黏糊糊的感觉。但那是外婆特意做给我吃的,真是对不起。”

“没事儿。”

第二天，外婆的煎鸡蛋稍微有了点变化。

在煎鸡蛋的时候，外婆把蛋黄搅碎，让蛋黄和蛋白搅在一起，看起来像大理石一样。虽然这样已经算不上是煎鸡蛋了，但是很好吃，而且，我也真的很开心。在那之前，因为自己是个孩子，跟外婆说话的时候，我多少有些顾虑。但是，从那次之后，我决定，今后不管遇到什么，都老老实实地直接跟外婆说。

话说回来，既然刚刚提到了妈妈，那就再多说点她的“事迹”。

和拥有一个理科头脑、永远条理清晰的外婆形成鲜明对比，妈妈她这个人就是“天然呆”。而且，健忘就是她的“特长”。拜她这个特长所赐，我们兄妹几个常常被弄哭。

比如学校里比较重要的通知，或是她已经和我们约好的事情，她从来没有按照约定的时间兑现过。比如学校刚一放假，我就让她把我的校服送去干洗。结果新学期开始时，朋友们都穿着笔挺的校服到学校，只有我一个人的校服是皱巴巴、旧兮兮的。因为妈妈把送洗校服这件事儿忘得一干二净。类似的事情常有发生。

至于学校的参观日，她几乎没有去过。当然，这可能是家里有四个孩子，而有时她还得工作，实在没有办法的缘故。

哦，对了对了，其实参观日她也不是完全没来过。实际上，她在我上小学二年级和五年级的时候，分别来过一次。五年级的那次效果比较“震撼”。出现在教室门口的妈妈，竟然穿着紫色的迷你短裙套装，而头发则不出所料是小波浪自然发型。

“这哪里是来学校该有的打扮啊！”我暗自在心里强烈地吐槽。妈妈在当时的女性中个子算高的，身材瘦长，加上这样的装扮，实在是过于醒目，弄得我觉得非常丢人。

当老师说“请家长到孩子的身边看看”的时候，明明别人的母亲都和孩子保持一定的距离，只有我妈妈毫无顾忌地走到我身边盯着我看。然后，我就听到坐在后面的同学大声地说：“哇！植村妈妈的腿真是漂亮！”教室里便突然嘈杂起来。那时如果地上有洞，我早就钻进去了。我只好在心里暗想：“真是的！妈妈你以后再也别来了！”不过，因为这位妈妈完全不在意别人的眼光，她自己倒像是什么事情都没发生一样。

妈妈在外面时是这样，在家里当然也是。植村家的晚饭向来都是晚上九十点钟才能吃上。也不知道是妈妈开始做饭的时间本身就比较晚呢，还是她过分执着于要把一件事做好的性格使然，总之，我们植村家从来就没有在六七点钟这种正常的晚饭时间开过饭。

打扫卫生，她也不擅长。用现在的话说，妈妈大概可以归类为“不会收拾打扫的女性”。家里的东西永远是放得乱七八糟的，所以我们也没法招待朋友来家里玩儿。

其实，现在回想起来，在我上小学时，妈妈正处于更年期，她的一些行为其实我现在可以理解了，但当时我也的确觉得很痛苦。她整个人就像是一只刚将水烧沸的水壶，总是面色潮红，而在她发火时，总让人弄不清楚她到底从哪里发出来“吱吱”的声音。早上叫我们起床的时候，她居然是挨个敲我们房间的门，一手拿煎锅，一手拿勺子，咣咣地把我们敲醒的。这个人，还真是怪怪的啊……

当时我就想：“我们家怎么会是这样的呢？”我真觉得自己是个悲剧女主角。当去朋友家做客，吃到朋友母亲亲手做的蛋糕时，或在电视上看到家庭剧里面出现温暖的家庭画面时，我就知道自己家和一般人家是不同的。从那时起，我就从心底里向往普通的家庭。

早上能用正常的方式叫我起来，让我吃上现成的早饭；晚上能在正常的时间开饭；能帮我洗需要洗的衣服；定期帮我打扫房间；放假的时候能替我把校服送去干洗……这些原本理所当然的事情，我却从心底里羡慕别人。

在妈妈的育儿轶事中，还有一则奇闻。

妈妈的育儿理念中，有一条是“不能娇惯孩子”。这听起来或许和之前提到的、她的那些粗心大意的事迹有些矛盾，但她真的始终坚持这点。于是，吃饭挑食的我在小时候，便曾因为便当没有吃完而遭遇“大事件”。

尽管我住在外婆家，我中午的便当仍然都是由妈妈做的。每天早上，我都是回妈妈家拿了便当才去学校。

在我上小学五年级的某一天，吃中饭时，我像往常一样打开便当盒盖，看到的居然是漫画里才会出现的景象——一盒白米饭正中放了一颗腌咸梅，也就是传说中的“太阳旗”便当。

“为什么是‘太阳旗’便当？”一回家，我就逮着妈妈问道。

“花菜总是会把便当里的菜剩下带回来，对吧？所以给你准备‘太阳旗’就够了。”妈妈如是说。而且，无论我怎么道歉，她都无动于衷。

于是，此后近乎一年的时间里，我的便当都是“太阳旗”。因为可以很快就吃完，我就会一个人先跑去操场，在大家吃完出来之前，一个人先玩一会儿。我经常被别人问起只能吃“太阳旗”便当是不是很痛苦。其实，我自己倒是觉得，因为把菜剩下不吃完的确是自己做得不对，所以也就能接受妈妈这样的惩罚。与其说我觉得自己很惨，倒不如说是觉得整件事情很滑稽可笑。

从有这样一个妈妈的家里搬到外婆家，虽说我一个人离开了其他家庭成员会有点寂寞，但从生活本身来说，却可以说安定了不少。

妈妈那些绝对不会冷场的轶事

总觉得我们植村家的命运是掌握在妈妈手中的，所以我决定再多说一点她的轶事。

我想看到这里，一定会有读者在想："世上怎么会有这样的母亲！"

事实上，妈妈的"天然呆"的确是达到了"超级"的程度。尽管没有恶意，她却总会做出不合情理的事情来，再加上她的特长就是健忘。不过即使这样，我还是想补充说一下，妈妈并不让人讨厌，其实她是一个很可爱的人。

妈妈很喜欢卡朋特（Carpenters），经常听他们的歌。或许是因为妈妈特有的教育理念吧，她经常给我们看《芝麻街》,家里也经常播放着《芝麻街》的音乐。

小时候我经常认为,这可能是因为妈妈大学的专业是英语的缘故,她多少会说一点英语。在电视上看电影的时候,她也会特意在双语放送中选择英语,而且不用字幕。

“妈妈好厉害啊!”小时候,我一直这么仰慕着。

到上中学的时候,终于有一天,我问了正在认真看电影的妈妈。

“妈妈,你好厉害啊,一直都在看英文的电影,这什么意思你都能听懂吧。刚刚说了什么?”

“嗯……什么呢?”

“哎?不是吧?这样的话,对话的内容你不是什么都听不懂了吗?”

“那个,就是根据那个氛围大概能懂嘛,再说有些单词也能听懂。”

“……”

“学习嘛,学习!”

看到妈妈如此若无其事地回答我,我简直傻了。

后来我在出道专辑里翻唱了《绿野仙踪》里的《彩虹之上》(*Over the Rainbow*)这首歌,我拿给妈妈听的时候,她的评价是:“发音很差!”您批评的是,我会好好学习的（笑）……

在妈妈所有的轶事中，有一件是谁听了都会笑、绝对不会冷场的。

故事发生在我十八岁那年。有一天，难得地只有我和妈妈两个人的时候，我无心地问了一个问题。

“那个，妈妈，说起来在这个植村家外公之前，还有个真正的外公吧。关于他的事情都没怎么听说呢。那才是妈妈的亲生父亲吧？他是个什么样的人？叫什么名字？”

“啊，没说过吗？……叫鲁宾逊哦。”

“啊……鲁宾逊??什么情况？怎么回事？外公不是日本人？”

“不是。”

“哎？哎!!!?那这么说妈妈是混血儿啰???长这么大了，我才第一次知道！名字叫鲁宾逊的话，是哪里人？美国人？”

“不是。”

“那是英国人？”

“不是。”

“又不是美国人，又不是英国人……那就是澳大利亚人啰？”

“不是。”

“哎？那叫鲁宾逊的还能是哪里人？哪里人？”

“台湾人。”

“等等，等等……妈妈，台湾人可没有人名字会叫鲁宾逊的，你没搞错吧？”

“啊，不好意思。是‘鲁、宾逊’。”

“骗人吧！绝对是冷笑话吧……”

事实上，妈妈的生父，也就是我真正的外公，是个叫“吕敏尊”[①]的台湾人。也就是说，妈妈是日本人和中国台湾人的混血儿。也就是说，我们几个孩子全部都有四分之一的台湾血统……

“那哥哥姐姐他们知道吗？”

“那个嘛……应该知道吧？难道不是因为你太小所以不记得了吗？”

活到十八岁才知道这么重要的事情，或者说直到我十八岁，妈妈才想起来要告诉我这件事，我只有目瞪口呆的份儿。我不禁又一次地感叹：“真不愧是我妈妈！”

---

① 英文名“Robinson（鲁宾逊）”和中文名“吕敏尊”用日文罗马字母发音的时候均发成“ro-bin-son”。

厕所女神

在外婆家，每天吃完早饭，我帮忙收拾完之后，就上学去了。放学回来，我也是直接回外婆家，把书包往地上一放，“我出去玩啰”的话还没说完，就跑到外面去和附近的小朋友一起玩躲避球啦、爬树啦。因为我是那种喜欢在外面玩的疯丫头，所以每次总是玩到一身泥，直到傍晚才回家。

在开始准备晚饭之前，我总会在榻榻米上把折叠的棋盘打开，正坐着问外婆：

“外婆，我们来下五子棋吧！”

下五子棋是我和外婆每天的必修课，每次都是外婆拿白子，我拿黑子。而且，我总是什么都不多想就急着开始下子了，而外婆呢，就总是有点捉弄意味地逗我说："真的决定放在那儿了吗？"

"为什么？就这里了。"

"下一步外婆就'四三杀点'，马上就要赢了哦。"

"哎！真的呀！那我就不这么走了！"

我们下棋总是这样反反复复，每次都是头脑聪明的外婆赢了我。如此这般，每天像特训一样锻炼的结果是，我的水平基本能赢过附近的老爷爷们。

五子棋结束后，我就戴上围裙准备帮外婆做晚饭。能和外婆并排站在厨房里，我有一种"自己已经是大人了"的感觉，总是很开心。从那时开始，我的梦想就是"当一个温柔贤惠的新娘"。(这个梦想到现在也没有变！)

厨房里充满了"咚咚咚咚"有节奏的切菜声，弥漫着温暖的白色水蒸气和烩煮料理好闻的味道，我非常喜欢这样的一段时间。

小学时候的家政课，我切食材的速度之快总是令老师和同学非常吃惊。每每被大家夸奖"植村，好厉害！好快！"的时候，我都会觉得自己成了女主角。这一切都是拜外婆所赐。

不过这话还有后续。因为我的手法技巧太好了，我做的那部分总是比别人提早完成，于是，便会有人抱怨“植村做得太快了，其他人做好之前，她做的菜都凉了”。我也觉得真的有些对不住大家，还会为此而道歉。去东京开始一个人生活时，我完全没有因为要做饭或是要做其他家务事而觉得困扰。我意识到这是在与外婆同住的生活中自然学到的技能，因此对外婆充满了感激。

到了晚上，我和外婆会在客厅旁边的和式房间里把两套被褥铺好，并排而睡。

外婆每晚睡觉之前，一定会听收音机或者播放卡带来听音乐。她并不是很喜欢日本的演歌或者民谣，却比较钟意西方的乡村歌曲。她有好几盘乡村歌曲的磁带，总是轮流放着听。

在这些歌曲中，有一首叫作《田纳西华尔兹》（*The Tennessee Waltz*）。因为我听过很多很多遍，对此记得很清楚。

提到乡村歌曲给人的印象，大多是明快欢乐的。但这首歌却是缓慢的三四拍，和其他的歌曲都不同。而且曲调不仅仅是优美，同时还给人一种哀伤的感觉，因此总在心头挥之不去。

虽然那时，我既不知道唱这首歌的歌手是帕

蒂·佩姬(Patti Page),也听不懂这首歌唱的是失恋的故事,但是随着一遍遍地聆听,我产生了这样一个模糊的念头:“将来我也要唱这首歌。”

在外公突然去世后,外婆由于过度震惊,几乎每晚都会做噩梦。

因为很害怕外婆梦中痛苦的呻吟声,我总是用被子蒙着头、把耳朵堵上,尽量让自己听不到那个声音。由于这种情况持续了很长一段时间,所以,我就如实地告诉了外婆。于是,她就让我在她下次梦魇的时候把她叫醒。从那之后,我的任务就是负责把她唤醒:“外婆,外婆,你还好吗?”待外婆醒来后,我会躲在被子里问:“今天梦到什么了?”外婆就会回答:“我梦到屋外有很多野狗都想冲进来,我就对你说‘花菜不能开门,不能开门’,但是花菜你还是要把门打开。”就这样,我听着外婆说着她的噩梦,再次入睡。

平时我和外婆一起看电视,周末我们会一起去大阪购物,她给我买些衣服鞋子等物品。现在回头看看,会发现那时我经常穿着胸口印有很大的不明卡通形象的套头运动衫,我不禁感叹:“那会儿还真是敢穿啊。”但是那个时候,我是真的很开心地穿着。

每次购物回家的路上，我们一定会顺便去一家固定的乌冬面店，点上两份“鸭南蛮”[1]乌冬面。

直到长大后，我才知道我一直错把“鸭南蛮”叫成“鸭难波”[2]，其实是因为外婆一直以来念的都是错的。直到今天，我每次去乌冬面店或是荞麦面店点餐时，犹豫很久之后最后说出口的仍然是“请给我一份‘鸭难波’”。

我和外婆在一起度过的，就是这样平静、温柔又幸福的二人时光。

尽管妈妈和兄弟姐妹就住在隔壁，但是我的生活，从吃饭到洗澡，从洗衣到打扫卫生，所有的一切都是和外婆两个人一起完成的。当时我就记下了如何使用外婆家的双桶式洗衣机，并且为了将来自己能够成为温柔贤惠的好太太而拼命地帮外婆做家务。

“衬衫要抻平了再晾”、“抹布要拧干”、“不许挑食”、“快去学习”等等，我从来没有被外婆这样耳提面

---

① 青葱野鸭肉汤面。

② “南蛮”发音为“nan ban”，用法来源于汉语，在日语中指的是东南亚一带。日本料理中也常用到这个词，多指西方传来的料理。有说法指大阪特色料理“鸭南蛮”中的“南蛮”是葱的意思，来源是大阪的“难波”（发音“nan ba”）地区曾经是青葱的产地。

命地说过。哪怕衬衫上有很多皱褶，哪怕抹布还在往下滴水，外婆都只是静静地看着我做。如果觉得自己实在做得不好的时候，我就会看外婆是怎么做的，然后自己跟着模仿。

不过，只有一件事，是外婆很正式地教给我的。她总是说："花菜啊，在厕所里呢，一直住着一个美丽的女神哦。"

不管是洗衣做饭还是打扫房间，总的来说，家务事我都会自己主动去做。唯一讨厌的就是打扫厕所（读者们，你们难道不也是这样的吗？）。所以听到外婆这么说，我的反应是"哎？是这样吗？"并且很在意外婆提到的一点——将来我可以变成与厕所女神一样的美女。

"是真的哦。如果你每天把厕所打扫得干干净净，花菜，你将来就一定会变得和厕所女神一样，成为一个大美女哦！"

"厕所里有美丽的女神啊？"

"是呀。"

"那花菜也想变成像女神那样的美人！从现在开始花菜每天都认真打扫厕所！"

"是呀！加油啊！"

外婆的脸上因为满足而浮现出满面的笑容。

不知道为什么，外婆所说厕所里有美丽女神的这句话对我的冲击很大，从那一刻开始，我就一直坚信厕所里真的住着美丽的女神。

所以从那天起，不管是外婆家的还是学校的厕所，我都会去尽力打扫。

上小学时我就跟同学们显摆："你们知道吗？厕所里住着很漂亮的女神哦！"可是大家的反应却和我不同："骗人！我们可从来没听说过。难道不是你外婆想骗你打扫厕所才编出来的吗？"

"不是骗人！外婆才不会骗人呢！"

我言之凿凿地否定朋友们的说法。不信就不信，不信你们就变不成美女……我自己一个人变美女！从此以后，我和打扫厕所就结下了不解之缘。

上高中后，每当轮到我打扫厕所，我总是打扫得过于认真和开心，因此还曾有朋友特意来问我："花菜，你为什么要这么拼命？难道你不觉得打扫厕所是件很让人提不起劲的事吗？"

"不会啊！因为厕所里住着漂亮的女神，所以只有努力把厕所打扫干净了，将来自己才有可能变成美女。外婆就是这么教我的。"我每次都会特别自豪地跟大家这么说，就差直接问出来“难道你们不知道吗？”

“连这种话你也信啊?! 这一听就是骗人的嘛。肯定是你外婆想让你打扫厕所才编出来的。”

这话真是和我小学时的朋友说得一模一样！

“真的是这样吗？”已是高中生的我这次开始认真地思考起这个问题来。因为一直以来我在朋友中就是出了名的容易上当受骗的那种人。难道连外婆都在骗我吗?

想来朋友们说的的确有道理。外婆熟知我单纯的性格，就编出这样的故事来哄我打扫厕所。但是即便这样，我却从来也没有这么想过：“真是的，被外婆骗了啊。那我再也不打扫厕所了。”相反，我仍然如此地相信这个被外婆编出来的厕所女神的存在，并且因此怀抱着梦想，下定决心真的要成为那样的美人，因此总是一心一意地打扫厕所。

因此直到今天，我内心某处仍然相信着女神大人的存在。

那么，今天也要加油打扫厕所啰！

吉本新喜剧①

“走了哦，拜拜！”

“恩，下周见啰！”

今天是星期六，还在学校我就开始很期待下课，放学后，我便迫不及待地赶回外婆家。因为今天是播放那个等了又等的电视节目的日子……

“外婆，我回来啰！帮我把吉本新喜剧录下来了吧？”

“哎呀！忘了！”

“哎！为什么?!讨厌！不要啦！你不是知道那

① 吉本兴业株式会社所属搞笑艺人表演的喜剧节目，每周六中午在电视上播出。

是花菜最喜欢的节目嘛！”

“对不起……”

面对向来都很温柔的外婆我却真的生气了。

《吉本新喜剧》每周六播出，是关西地区人气非常旺的一档电视节目，周围的朋友里面很少有人不看。每个星期六去上学之前，我都会交代外婆“今天的吉本新喜剧一定要录下来哦”。如果哪一期漏看了，对我来说可是件很大的事情。

在对外婆生气的时候，我自己的心情也很复杂，一边觉得不应该对外婆发火，一边又真的特别想看，最后终于忍不住大声地哭了出来。外婆就会很抱歉地说：“真的对不起啊！”

《吉本新喜剧》这个节目搞笑元素浓厚，充满了大阪的气息。我每次看的时候都非常地开心。但是事实上，我看的时候从来没有笑出声来过。

这并不是说节目不好笑哦。其实，节目是非常非常搞笑的，所以每周我都从心底里期待着这个节目。但是，我从来没有“哈哈哈哈”放声地笑出来过。

意识到这一点是有一次和二姐美绪一起看时，被她指出来的。

“花菜，你都不笑哎！你觉得不好笑吗？”

“不会啊，很好笑啊！”

虽然觉得节目很搞笑、很有趣，我却没有笑出来……

被二姐这么一说我才意识到，原来，与其说我是单纯地在享受这个节目，倒不如说我是抱着“学习如何搞笑”的态度在看节目。

前面说过，外公去世之后，植村家的气氛一下子变了。

外公还在世的时候，家里是能看到笑脸的。全家会一起围坐在餐桌周围说笑。以外公为中心连起来形成的那个圈，在外公去世后，就像被剪断了线绳一样，全家变成一盘散沙。我去了外婆家；全家人也没有再聚齐吃过饭；尤其是妈妈和哥哥之间的关系变得很紧张。

大我六岁的哥哥原本是个精力充沛的男孩儿。他喜欢说话，头脑聪明，什么都懂，对我来说一直是一个值得崇拜的存在。虽说和我年纪相差比较大，他也还是会陪我玩寻宝游戏什么的。但是这样的哥哥在外公去世后却变了。他躲进自己的世界里，和谁都不说话，却会和妈妈发生激烈的冲突。

这也不能全怪他。妈妈经常对哥哥说：“你跟你爸真是一个样！”哥哥因此很受伤。我们从小就总听说爸爸是个碌碌无为的无用之人。因此，被说成像这样的父亲，对哥哥的打击当然是很大的。这种时候，哥哥就会反驳说：“但是我身体里也流着外公的血！”哥哥很喜欢外公，并且深深以这段祖孙关系为荣，一直以此支撑着自己。没想到在外公去世不久后，就得知自己和外公并没有血缘关系，他的精神支柱一下子坍塌了。而且，我想可能因为哥哥成了家里唯一的男性，他会觉得在家里再没有人能够理解他。

比别人心思更细腻温柔的人，往往也会比别人更容易受伤。哥哥那时的心情，家里的确没有一个人体会到。

曾经开朗的哥哥脸上的笑容消失了，而这种情绪渐渐传染给了全家人。整个家庭的氛围变得越来越阴沉，悲伤得让人不知如何是好。我很想让大家的脸上重新出现笑容。

因此，那个谁看了都会开怀大笑的《吉本新喜剧》，我却是抱着学习如何搞笑的心态去看的。我觉得只要努力模仿，就会让家人都笑起来。年纪尚小的我，那时脑子里大概装的就是这样的想法吧。

这话自己说出来虽然有点悲惨，但其实和上面三个哥哥姐姐冷静的性格相比,身为老幺的我,的确原本就是个傻乎乎的孩子。于是,说是逗别人发笑,倒不如说是被别人笑话更加准确。明明是自己很认真在做的事情也会被人笑话,因此经常被周围的人说成是“天然呆”。但是我真的一点都不讨厌被别人这么说,还是孩子的我,因为心里有一种“自己的存在就是让别人微笑”的使命感,反而很高兴。因此,看《吉本新喜剧》对我来说就非常重要,所以,我才会哭着责怪其实我最喜欢的外婆。

为此,二姐美绪曾对我说过一句我永远也不会忘记的话。其实究竟具体是在什么场合下说的我现在已经记不得了,但正是那一句话,甚至可以说决定了我从此以后的生活方式。

“你啊,是植村家的绿洲呢!”

当时的我其实对这句话的意思并不是很明白,但是多少知道是被夸了,我特别特别地高兴。第二天我还在学校和朋友炫耀:“我姐姐夸我是我们家的绿洲呢!”

但当时我并没有意识到,后来我会一直想着必须要永远做植村家的绿洲。

当时写的日记。那天记录的是帮外婆做家事之后拿到了零用钱。

刚开始和外婆一起住的时候

第二章　音乐之声

“恰比”

上中学以后，我回妈妈家吃晚饭的次数多了起来。

虽然对外婆的感情一点都没变淡，但是说实话，我还是想和妈妈还有哥哥姐姐们在一起生活的。独自住在外婆家很寂寞，会想和大家住在一起。但是外婆也很重要。于是，我的内心开始纠结。

回妈妈家玩的时候，有时妈妈和姐姐会说些她们才知道的事情，而每当我问：“在说什么呀？”她们总是回答“你是外婆家的孩子”，把我置于事外。或许她们只是开玩笑地这么说，但在我听来却相当地难受。

有时过去玩的时候，听到妈妈和姐姐在客厅里说话，总觉得自己不该进去打扰，手都已经放在纸拉门上了，可最后还是没勇气拉开，只好自己一个人回到外婆家。真是个可悲的孩子啊！听说姐姐和妈妈一起出去购物，我就会想：“我又没去成，也不能去！”心底羡慕得不行。

有时，年纪最小的我被哥哥姐姐捉弄，去找妈妈哭诉，可妈妈从来都是说：“花菜，你还不知道你姐的性格吗？主动去招惹她是你的不对。”妈妈既没有帮过我，也没有替我加过油。所有这一切都让我又寂寞又不甘，心情也不好，有时就会把怒气发泄到外婆身上。和外婆在一起生活的时间长了以后，渐渐地，我和她之间的争吵也多了起来。

其实这也是正常的，外婆又不是神，当然有时候也会说些不通情理的话。吵架的时候，我会一边喊着“我讨厌待在外婆家”，一边冲出门去。可是就算回到妈妈家，听到的却是“你不是外婆家的孩子吗？赶快回去啊！”我深深感到自己没有了容身之处。

怎么回事嘛！一般人家说的难道不应该是“那就回来住吧”之类的吗……

没有地方可去的我，就只好一个人坐在庭院里哭。这时，我们养的狗狗“恰比”就会过来一点一点地舔去我的泪水，仿佛在问："花菜，你怎么啦？"我就会紧紧地抱住"恰比"，抽抽搭搭地跟他说："恰比，我没有地方可以去了！"

哭完那一阵平静下来后，我就会回到外婆家。每次只要我跟外婆道歉，很快就能被原谅。但总的说来，这样的一段日子是很难熬的。

"恰比"是我小学三年级开始养的狗狗，可能稍微混了一点丝毛犬的血统，是一只白色的杂交中型犬。"恰比"来到我们家那天的情形，我一直无法忘怀。

那是刚放暑假不久的一天，天气很热，从早上开始家里就充满着一种让人心神不定的奇怪气氛。晚上看电视时，门铃突然响了，哥哥姐姐们大声叫着"来了！"只有我一个人被蒙在鼓里，一边问着"什么？什么东西来了？"一边把门打开。门口有一只浑身雪白、毛茸茸的小狗，正乖巧地坐着。原来，因为我一直叫着"想养狗想养狗"，家人为了给我一个惊喜，就瞒着我从保健所那里要了一只来。这个时候的"恰比"已经被训练过了，像坐下、握手、再来一碗这些动作都已经会做了。

"哇，真聪明！谢谢！起什么名字好呢？"

我开心得不得了，正在考虑要给它起个名字时，哥哥说道："叫'恰比'呀！"

哎……连狗狗的名字都已经决定好了（顺便补充一下，"恰比"是当时哥哥非常喜欢的动画片《南国少年奇小邪》里出现的狗狗的名字）。

在"恰比"来了之后，妈妈家又来了一只叫"奇夏"的猫（它到现在都还很精神）。"奇夏"是我捡到的被遗弃的小猫，"我要养嘛！要养嘛！"经我哭喊着求了妈妈之后，才开始养的。不过给小猫起名的过程，又是一个悲惨的回忆。这次呢，是我在学校的时候，由姐姐给它起的。"起什么名字好呢？"人还在学校时我就一直很兴奋地考虑，没想到一进家门，就看到大姐桃子把猫放在膝盖上，对我说了一句"告诉你一声，它叫'奇夏'"。

但是，那段时间我们植村家还是很开心的。当时外公还在世，我们家虽然没有爸爸，但却是个关系和睦的普通家庭。只是后来，才渐渐地变得不普通起来。

后来听说，其实当时妈妈的心情也很复杂，一方面觉得对自己来说很重要的女儿被"夺"走了，一方面又不放心外婆一个人生活。而对于我，妈妈觉得是我不要她而选择了外婆，因此她内心也很痛苦。对于这一切，还是孩子的我却什么都没体会到。

长大之后，当我得知妈妈当时的心情，才知道原来妈妈也是爱我的，因此很是开心。但是在当时，我深信不疑的是："妈妈讨厌我"、"只有我被妈妈抛弃了"。

我们母女二人，就这样彼此误解了十多年。

为什么我们家会变成这样呢……虽然外公盖了两栋并排的豪华房子，但当时这两栋房子却没有一栋能让我容身。果然，自己俨然就是个悲剧中的女主角。

妈妈和哥哥之间的关系一如既往地紧张。全家人连吃饭也都不在一起了。他们俩激烈争吵的声音就连住在隔壁的我都能听见。妈妈的一些细微的言行也会使哥哥大发雷霆。摔东西的声音、发怒大吼的声音，所有这些还在一天天地升级。于是我总是在为他们担心："那边没事吧？只要没人受伤就还算好。可我要怎样做才能让植村家恢复以往的亲密关系呢？"

上初二的某一天，我碰巧在妈妈家，妈妈和哥哥又开始吵了起来。一直以来都只是默默听着忍着的妈妈那天很少见地回了嘴，结果两个人对吵了起来。因为当时的情形很吓人，我们三姐妹便躲到别的房间避难去了。"受不了了！"我突然鼓起勇气扯着嗓子喊了一声，冲到他们俩吵架的房间大声叫道："哥哥，别吵了！”刚说完，哥哥就怒吼回来：“你懂什么！”吓得我立马撤退。

但是，如果说以前的我仅仅是觉得害怕的话，这时的我已经长大，多少有些理解哥哥会生气的心情。我之前也说到过，我妈妈实在是太过于“天然呆”，神经也粗。虽说暴怒的哥哥确实有错，但妈妈身上也有不对之处。

我一边哭着一边这么跟姐姐们说，她们都表示认同：“的确是这样。花菜，把你刚刚说的当他们两个的面再说一遍。”

“不要！不可能的，我绝对做不到！”

“没关系的，快去说！”

我拼命地抵抗，却还是被姐姐们强行推出房间。“不要啦！姐姐，开门！开门！”不管我怎么叫，她们也不给我把门打开。

无奈之下，我只好战战兢兢地又去他们俩吵架的房间。“我觉得妈妈也有不对的地方，所以关于这些地方希望妈妈能够道歉。”“但是哥哥这样乱闹也不好。虽然可能妈妈是有做错的地方，但是我真的很不喜欢哥哥这样发怒。所以希望你能够别再这样了。花菜希望我们一家好好地相处啊！”我就这样对妈妈以及已经成年的哥哥哭诉着。

哥哥静静地听着。他终于有所了解，原来在植村家，他并不是妈妈粗线条性格的唯一受害者，作为他妹妹，我在这个家里也有很多的烦恼。

那天之后，植村家终于重归平静。虽然偶尔也会有口角，但是哥哥不再发怒，家庭成员中也渐渐有了交流。

劝和妈妈和哥哥，成了我和哥哥开始交流的契机，也让我对哥哥的看法有所改观。在此之前，我和哥哥几乎没怎么说过话，这种情况在一般的兄妹之间算得上是很奇怪的。

因此从那时起，我开始积极主动地和哥哥找话说。比如画好了一幅画儿，我会拿去给他看："快看快看！我画得很好吧？厉害吧？"起初，只是和哥哥说上这样一句话，我都会心跳加速。但是渐渐地，哥哥也慢慢敞开心扉，开始跟我聊些不同的话题。后来我们还经常一起看电视、打游戏什么的。

虽然那次吵架事件之后，全家人仍然是各吃各的饭，但吃完之后大家都会尽量凑在一起聊聊天。这样的时刻对我来说真像做梦一般幸福。全家人的关系总算好转了！这才是真正像样的家庭嘛。不过可惜，这样的日子并没有持续很久……

我长大之后，每每和别人说起我家的事情，大家的反应都是："在这样的家庭环境长大，你竟然没有走入歧途，还真是不容易呢。"而我自己觉得，实际上是因为家里发生了太多这样那样的事情，我根本没有"走入歧途"的时间。

可能是遗传自妈妈吧，我自己也是个很健忘的人。或者可以说这是我从小养成的习惯，只要能忘记那些痛苦的事情、怎么努力也无法做成的事情，我就又能够精力充沛、快乐地生活下去。相反，如果把这些痛苦全部记在心上，自己的身体也会受不了的。由于养成了这个习惯，后来无论我遇到什么痛苦，都能够克服。

虽说这样有时就连发生过的好事也会忘记，但也正是拜这个习惯所赐，我才能克服开始工作后遇到的种种困难，挺过那段艰难的日子。

照片 1：大家和我最爱的“恰比”在一起

照片 2：我写的关于“奇夏”的日记

音乐之声

我要让全家人幸福开心地生活在一起。

这是我一直以来都有的想法，而最早有这个念头的契机，应该是八岁那年我看的一部电影。

那是一部叫《音乐之声》的美国电影，我经常和妈妈一起看这部电影。我觉得能够像电影里那样，想唱歌的时候就唱喜欢的歌，全家人团结一心，开心快乐地生活在一起，这是多么美好的事情，我也想过这样美好的日子。

现在我来做个简单的介绍。《音乐之声》是一部在全世界范围内都很知名的音乐剧电影。它以第二次世界大战时期一个奥地利家庭为舞台，展开了一个描写亲情、爱情以及爱国主义情感的故事。在电影音乐中，出现了以《哆唻咪》和《雪绒花》为主的很多首有名的歌曲作品。

电影的女主角是来自修道院的修女玛丽亚，她作为家庭教师来到冯·特拉普上校家。这家有七个喜欢恶作剧的孩子，上校却拿他的孩子们没有办法。

一开始，孩子们并不接受玛丽亚，直到一个电闪雷鸣的雨夜，大家因为害怕都跑去玛丽亚的房间。这时玛丽亚唱了一首歌《我最喜爱的东西》(这也是我个人最喜欢的歌)，她唱道“当我悲伤或痛苦时，我就想想这些我喜爱的东西”，以此安慰鼓励孩子们。这一夜之后，孩子们对她逐渐敞开心扉。而原本一直非常严厉的上校，从起初禁止大家唱歌，到后来和全家一起歌唱，共同克服遇到的困难。

我发现在电影中，只要大家一唱歌就都会露出笑脸。这时我就想，啊，歌曲的力量真厉害啊！它可以如此让人露出笑容，让人与人如此紧密地联系起来。我心底隐隐约约产生了这样的想法：将来我也要成为一个用自己的歌声让大家微笑的人。那大概是我在心底第一次把“家庭”和“歌曲”联系在一起吧。

在我上小学二年级时，发生过这样一件事。学校有一个歌唱比赛，我因为很想把歌唱好，头一天晚上就请教妈妈：“妈妈，我怎么才能把歌唱好？应该怎么唱？”妈妈她也喜欢唱歌，平时还参加了“妈妈合唱团”。于是她这么教我：“花菜我跟你说啊，唱歌的时候呢，要靠丹田的力量发声，这样就能唱好了。明天记得要用丹田的力量！”我觉得听到了很有用的信息，于是拼命地点头：“知道了！谢谢妈妈。明天我一定加油唱！”然后很振奋地离开了。

当晚离开妈妈房间时，我感觉一切都还是很顺利的。比赛当天，我按妈妈说的气沉丹田开始唱歌，没想到的是，因为我意识过于集中在丹田之上，竟然发不出声音来，音调也找不准了，说白了听起来就是五音不全。最后我获得的分数非常得低，比赛结果自然也很惨。那时我心里想的是“我以后再也不当着大家的面唱歌了”。

由于这次比赛，我对自己唱歌水平的信心全失。但是因为我自己真的从小就喜欢唱歌，和二姐美绪一起上学的路上，仍然经常边走边唱。有一天，我们俩像往常一样唱歌的时候，我突然不经意地问她：“那个，美绪姐，你觉得我歌唱得好吗？”

“我在你这个年纪的时候，唱得比你差多了。”

我唱得比二姐好很多?

因为很少会被酷酷的二姐夸奖,听到她这么说,我心里非常地感激,唱歌比赛后的消沉失意,也因此一下子就消散了。虽然这可能只是二姐不经意的一句话,我却在此时下定了决心:“我将来要成为一名歌手!”

关于我的父亲

在我还是个婴儿的时候，父亲就和母亲离婚了，所以我从小到大连父亲长什么样都不知道。

小的时候，我对父亲的存在还是充满了渴望的。听到朋友说起他们和父亲玩棒球投接球，我都会非常羡慕，心里总希望自己也能和父亲一起玩，哪怕只有一次也好。

我只见过父亲唯一一次。

在我上初二的时候，有一天，父亲突然通知我们说，他的父亲，也就是我们的爷爷去世了。他希望我们可以出席爷爷的追悼会。妈妈说她不愿意去。最后大家决定，由我们姐妹三个一起去父亲居住的群马县，顺道去东京转转。于是出发后，我们先在东京逛了逛，住了一晚，第二天到达了群马县。

参加追悼会期间，我自始至终都对初次见面的父亲怒目而视。

因为恰好那时正是妈妈和哥哥关系紧张、全家争吵不断的时期。“就是因为这家伙，我们家才会变成这样的”，我瞪着父亲，这个想法就一直在我脑海中盘旋。

父亲和妈妈结婚时，是一家外资企业驻日分社的社长。外公赏识这样的父亲，才同意把女儿嫁给他。然而婚后第三年开始，父亲得了抑郁症，不愿意去人多的地方，开始渐渐地不去上班，最后整天把自己关在家里。

虽然我不太清楚具体的情况，但是听说父亲有撒谎的习惯，而妈妈在婚后不久发现这点后，就已经想同父亲离婚了，然而行事作风古板的外公坚决不同意。

于是妈妈一忍就忍了九年。外公原本仍然打算帮助无法出去工作的父亲，然而父亲的撒谎和抑郁开始变本加厉，终于外公也对我父亲彻底失望，最终同意了妈妈和他离婚。

追悼会上，姐姐们都可以用很成熟的态度正常地和父亲说话，只有我做不到。我连一声“爸爸”都没叫。

吃饭的时候，碰巧父亲就坐在我前面，于是我和他简单说了几句。但是从他的话中我听出来，他对我们植村家一点也不关心。聊着聊着，我便开始生起气来。

因为父亲比妈妈年纪大，看起来又很疲惫，所以在我看来，我只觉得他像个上了岁数的老头子。自始至终我对他的印象都很不好。

父亲把我们送到车站，我们踏进电车的一刹那，我就忍不住爆发了：“搞什么啊？那个人！”我和姐姐们用关西话滔滔不绝地讨论着。因为关西腔在关东地区很少见，我们能听到周围的小学生小声地在模仿我们说话，坐在前排的一对情侣也看着我们嗤嗤地笑……

我这才意识到，我们这是在群马啊。突然觉得很不好意思，我把头低了下来。

对于初次见面的父亲，我果然还是没法喜欢起来。不过仔细一想，如果外公早一点就同意他和妈妈离婚的话，我就不可能出生来到这个世界上了。这么一想，我心中产生了一种奇怪的感谢之情："妈妈，谢谢你把我生下来"，"外公，感谢您没有太早允许他们离婚"。

这次群马之行成为我关于父亲最初也是最后的记忆。

在摩斯汉堡店打工的日子

升上高中后，因为学校的学习和社团活动增多，我变得忙碌起来，渐渐地和外婆在一起的时间也减少了。我自己的事情都忙不过来，对外婆的关心自然也就少了。虽然每天回家时，我仍然会喊一声“外婆，我回来啦”，外婆也会温柔地回应我“你回来啦”，但我们已经不再会一起去吃“鸭南蛮”乌冬面，也不再一起下五子棋了。

就在那段时间，外婆出门时摔了一跤，结果腰部轻微骨折。幸运的是，她很快就又能走路了。但外出购物却从之前的每天一次变成两三天一次，去远一点的地方也变得非常麻烦。渐渐地，外婆一天中有一大半的时间都是在床上度过的。

开始打工之后，我变得越来越忙，每天早出晚归。回家之后，我首先会去外婆的房间跟她打个招呼：

“外婆，我回来了。刚进家门。”

“啊，你回来啦。今天可真晚。”

其实，我还想再说点什么，但外婆因为身体不好，总是很快就睡着了。而我一般都在打工的地方吃晚饭，生活作息基本上和外婆的错开了。然后，不知从什么时候开始，我离开了外婆家，渐渐地开始住在妈妈家了。

我是从高二开始打工的。其实，我所在的学校是禁止学生打工的。但是因为我们家的经济状况特殊，学校破例允许了。

外公去世后留下一个仓库，那时植村家是依靠出租仓库的房租作为生活费的。但后来突然仓库租不出去了，生活费也就不够了。虽说那会儿大姐桃子已经在工作了，但靠她的收入不足以维持植村家的生活，所以大家必须省吃俭用。

那时我已经下决心要当歌手，准备大学要去上音乐学院，因此一直在花钱学习声乐和钢琴。突然有一天，妈妈跟我说，为了省钱，希望我别再去上课了。乍一听到这话，我是有些吃惊的。但是想想"唱歌这件事终究是能做成的"，于是，我很快地就换了个角度去看这件事情。我和妈妈商量："那这样吧，从今后我不再需要你给我零用钱了，我自己需要的钱我自己挣。让我出去打工吧。"妈妈同意了。我选择打工的地方，是当时附近薪水给得最多的摩斯汉堡店。

我很喜欢这段打工的经历，也因此受到了很大的影响。事实上，我甚至可以说"我的成功有一半是在摩斯汉堡店取得的"。

虽然在如今的我看来，甚至会觉得有点不可思议，而那时的我却的确非常内向害羞，在不熟悉的人面前几乎不怎么说话。比如在课堂上，当老师开始点名让大家起来朗读课文时，我会默念"千万别点到我这一排！""在轮到我之前就打下课铃吧！"同时我还会心脏狂跳不止，紧张得不行。但是一旦我和别人熟悉起来，我又仿佛变了个人，就会说个不停。以至于朋友们的反应是："我还以为你是个很安静、规矩的人呢，真是被骗了！"我从前的这样一种性格，最终是在摩斯汉堡店打工时改变的。

绿色的衬衫配上灰色的短裤，头上戴一顶用纸巾折出来的帽子，我就穿着这样的制服站在大堂里。刚开始工作时，我动作笨拙，经常被店长批评：“植村，你收银的时候表情太可怕了。有空请对着镜子练习微笑。”

于是，我真的在回家后对着镜子，练习一边大声说着“欢迎光临”一边努力地微笑。每天看着镜子里的自己，我都在研究：“嘴巴虽然在笑但是眼睛并没有”，“眼角再往下一点看起来才像是笑容”。

工作了大概两个月左右，我总算开始慢慢适应了。有一天，我被评为了我就职的那家店——摩斯汉堡川西分店的女店员之星。对我来说，那天是个很大的转折点。

我们店里有一位姓桥本的女店员，待客服务非常热情友好。她是我第一次亲眼见到的工作那么认真负责的人。因此，我一直对她很崇拜。我也想成为桥本小姐那样的人。我也想那样热情地招待顾客！从那时起，我就一直注意观察桥本小姐的所作所为，学习她的一言一行。

我是这么接待顾客的：摩斯汉堡店是先点餐再配餐，通常顾客点餐过后，店员会给他们一个领餐的号码牌。我的做法有点不同。当我注意到某位客人最近经常在某个时间段来用餐时，我会在给他送餐的时候简单地和他聊两句，比如“您最近经常光临我们店啊”，“您是在附近工作吗”等等，然后我会说：“如果方便知道的话，请问您贵姓？”当我得知这位客人姓铃木后，我最后会送上一句“铃木先生，请您用餐”。

然而最关键的，是在铃木先生再一次来用餐的时候。在他点餐之后，我会说“餐点我一会儿送到您的座位上，请稍等”。但这一次，我并不会给他一个领餐号，而是在点餐单上注明“铃木先生”。配餐完成后，我将餐点送到他的座位上，并说一声“铃木先生让您久等了”，然后再简单地聊上一两句。当顾客发现自己的名字被店员记住时，就会非常高兴，并且愿意再次来这家店用餐。

这样的一种待客方式，换作以前那个害羞内向的我，是绝对做不到的。因为从前的我只要是初次见人，脑子就会变得很混乱，只会不停地想着“怎么办？说什么才好？”然而自从开始打工，就算与人初次见面，我也可以不停地找到话题。如果对方喜欢说话，我就安静地倾听，如果对方不怎么说话，就由我来引导话题。头脑里啪啪啪地很快就能浮现出十来个问题，从简单寒暄到深度探讨，我都能自如应对。

除此之外，我还会记下顾客的喜好，比如记住那些咖啡里不加奶和糖的客人。我甚至还会在不忙的时候站在店门外，目送顾客离开。

就这样，我努力地干活，渐渐地在店员里的排名开始上升，薪水也增加了。一些诸如下单、餐前准备、甚至厨房里的活儿也会交给我来干。终于有一天，我一直都很崇拜的超级明星店员桥本小姐也对我说："我对客人的接待服务，比不上花菜你呢。"

在摩斯汉堡培养出来的这些品质和能力，到如今对我都很有帮助。所以我才会说"我的成功有一半是在摩斯汉堡取得的"。

外婆因为很想看看我工作时候的样子，所以虽然行动不便，还是来了我们店里好几次。

我工作的时候也经常会想着"这个种类的汉堡也许外婆会喜欢"，于是买回家给外婆吃。比如带牛蒡米饭汉堡回去时，外婆会一边感叹着"哎，原来还有这样的汉堡啊"，一边很开心地把汉堡吃完。

妈妈离家出走

在我上高三的某一天，我们植村家又发生了一件大事——和哥哥吵架的妈妈，终于离家出走了。

事情的起因是哥哥觉得妈妈种在院子里的一棵树很碍事，于是他直接叫妈妈把树砍掉。那棵树的枝叶长到玄关处，会招来虫子，也的确会影响大家进出。事实上，大家心里都觉得树有点碍事。可是妈妈很喜欢园艺，也一直在悉心照料这棵树。当哥哥这么突然地让妈妈把树砍了时，两人之间积累的矛盾一下子彻底爆发了。

本来在我劝妈妈和哥哥和好之后，我们家是有过一段短暂的和平的日子的。然而，我开始打工后变得很忙，全家人也仍然是各吃各的饭，家里的气氛又渐渐地变回原来的冷淡阴暗。

妈妈人很固执，离开家就直接跑到临近的一个城镇租了一间屋子，在那里开始独自生活。

这个家，终于，散了！

我明明那么努力、明明那么拼命地想让这个家变得快乐一点、想让家人团结一点，结果这个家还是散了。

这个情况已经超出了我心理能承受的范围，我开始变得不想上学。一想到自己为这个家付出的所有努力都白费了，我就失去了所有的动力。可是那时，我还是学校行进乐队社团的队长，不得不去参加社团的活动。所以我就每天强打精神，只去上下午的两节课，之后去社团露个脸，再赶去打工，然后回家。

看着我这样开始拒绝去上学，二姐美绪很担心。美绪姐曾经也有一段时间不肯去学校，每天把自己关在家里画画。她担心我也变成这样。于是她告诫我说，如果再这样下去，我的学分会不够的，甚至有可能毕不了业。

“你这样下去会把自己毁了的。你还没有成年呢，去和妈妈一起住吧。”

从前是让我去和外婆住，现在又叫我去和妈妈住，二姐还真是想到什么就说什么。但想想她说的也不无道理，我有点不情愿地收拾了行李，搬去了妈妈租的公寓。从此开始了我自打出生以来头一次的母女二人单独的生活。

长这么大突然要和妈妈单独生活，我都不知道两人在一起该说些什么好，有一阵子很是不知所措。但是后来我发现，和妈妈在一起并不需要特意做些什么，生活出乎意料地还算舒适。

每天早上，妈妈会叫我起床。就是这么一件简单的小事，我的生活就又恢复了原本的样子。我又开始去学校，也得以顺利地从高中毕业了。

想想我们母女俩之前一直彼此误会，住在一起的这个时期，大概是我们之间第一次开始有些互相了解。

在这段时间里发生了一件让我印象深刻的事情。有一天，我们俩在一起回忆以前的事情，当我说起“之前妈妈和哥哥吵架，我有好几次去劝架帮了妈妈呢”，妈妈的回答居然是“我不记得你帮过我啊”。

啊?！这个人在说什么啊？那到目前为止，我为他们做的一切都算什么呢？虽说之前我也因为妈妈不经意说的话伤过心，但妈妈这次的话对我的伤害，真的让我痛彻心扉。到目前为止，我吃的苦，我的付出，到底算什么呀？

我绝望得只剩下悲伤，只想直接冲出这个地方。当我把手放在门上的那个瞬间，妈妈突然紧紧地握住我的手腕。

那一刻，我听到了几乎从来不曾道歉的妈妈说了一句："对不起。"

"不管是花菜还是桃子，是美绪还是光生，我都一样爱你们。"妈妈补充了一句。

泪水一下就从我眼中涌出。原来虽然妈妈和哥哥不合，却还是一样地爱着哥哥啊……听到妈妈这么说，我开心得泪水怎么也止不住。

在和妈妈一起单独生活的日子里，我慢慢明白了一点，妈妈这个人真的是特别不善于表达情感。虽然她会因为粗线条的性格而说出些伤人的话，但她却都是有口无心的。她就是这样一个人，我就必须得试着去理解她。

比如前一阵子，我因为工作关系有机会从东京回到家里，我问了她这么一个问题："妈妈，对你来说，幸福是什么？"

妈妈的回答居然是:“孩子们都幸福我就幸福。”

“骗人！绝对骗人！你明明就一直都只按照自己的想法在活着。”我想都没想就直接吐槽。但其实仔细想想,到如今,我们的确可以算是彼此理解了。妈妈这个人,一直就有着她自己独特的爱孩子的方式吧。

后来我顺利地从高中毕业,与此同时,妈妈的离家出走也结束了。当时正好外婆家已重新装修改造过,妈妈就搬到外婆家去住了。不过就在妈妈搬去之前,发生了一件让妈妈、哥哥、二姐美绪和我四个人都难忘的事。

有一天,妈妈趁着哥哥不在家的时候溜回去拿行李,没想到在家门口和哥哥撞个正着,眼看着这两个人又开始大吵,我和美绪一边哭着一边拼命地试图劝和。

“哥哥你其实是喜欢妈妈的,不是吗？只不过是没有表达出来,两人产生了误解,不是吗？哥哥其实并不是这么凶、这么暴力的,不是吗？”我和美绪这两个当妹妹的哭着说着,最后连妈妈和哥哥也都哭了,最终他们俩总算是和解了。也就是在此之后,妈妈决定结束离家出走,先搬回到外婆家去住。

我也重新回到了外婆家。我和外婆住在一楼，妈妈住在二楼，就这样，我们开始了新生活。

植村家似乎从来就没有过很安稳的日子，就在这样的生活中，我依旧按照自己的方式朝着我的梦想前进。

因为家里的经济状况，我也就不再继续学钢琴和声乐了，这样一来，上音乐学院这条路也就断了。周围的人都认为我应该直接去上普通的大学，可我自己却完全没有这方面的想法。

我是要成为歌手的。这是我在八岁时就决定好的事情。

说来可能有点不可思议，我并没有担心过“我能成为歌手吗？”或是想着“为了成为歌手我要加油！”那时的我只是很平静地认为“我是会成为一名歌手的”，这是理所当然的。所以，我只要做我该做的事情就行了。

于是我选择了音乐类的专科学校。对孩子向来秉持放任主义的妈妈对此既没有赞成也没有反对，只是说“花菜自己想做的事情，放手去做呗”。我想，那时妈妈并没有想到我是真心要成为一名歌手的。她一定认为我只不过是说了一些“理想主义的话”。

2001 年 4 月，我上了大阪的一所音乐专科学校，选择了声乐专业的课程。我总算朝着梦想迈出了实际的一步。

开始上课后，因为功课和打工 (还有谈了几段恋爱) 的缘故，我变得越来越忙。虽说和外婆住在一起，但绝大多数时候，外婆都是卧床不起的状态，我和她之间也就只剩下“早上好”、“我回来了”、“晚安”之类打招呼和最简单的对话，几乎已经没有什么真正的交流了。

那之后很久我才听说，其实外婆很喜欢听我唱歌、听我弹吉他。

因为特别喜欢唱歌,所以经常去唱卡拉 OK。我和二姐一起 K 歌的最高纪录是七个小时。

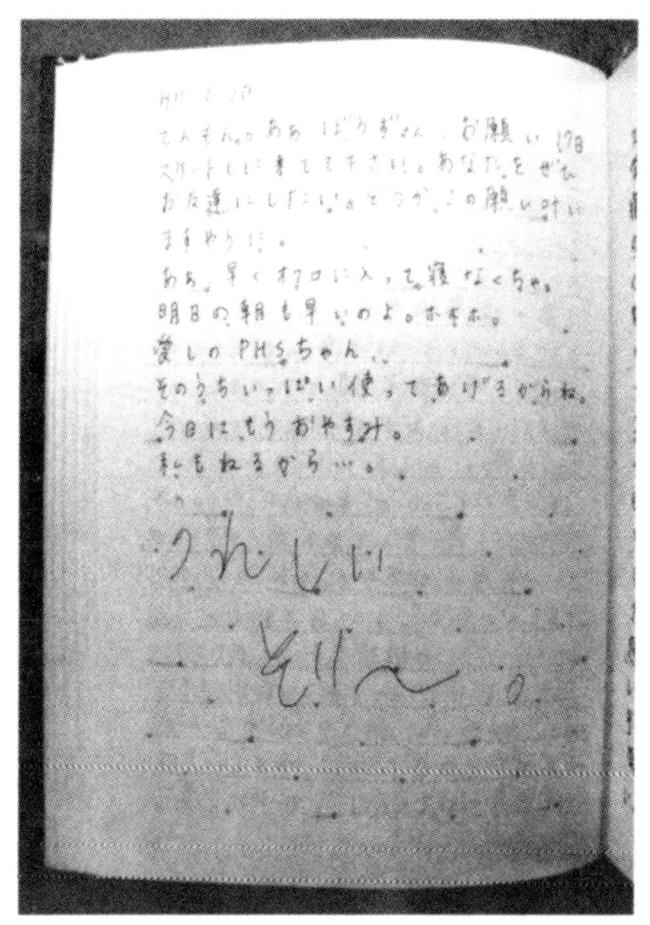

高中时我记的日记。因为妈妈给我买了手机，非常开心。

第三章　灰姑娘？

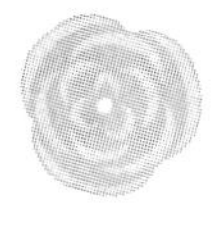

创作歌手课程

“这是迈向歌手的第一步啊！”

我精神抖擞地开始了在音乐专科学校的声乐专业课程。然而开学才两个月的时间，我却早早地就已碰壁了。

“花菜你唱得真好啊！真是厉害啊！”

“啊，谢谢……”

每次只要我一唱歌，声乐专业班里不论同学还是老师，总会一味地夸奖我唱得好。可是……我总感觉有些不对劲。我并不是仅仅为了接受夸奖才来上这门课的呀。我想，在声乐专业总应该有比我唱得更好、比我更厉害的人才对啊……

我原本以为，音乐专科学校里所有学生的奋斗目标，都是希望自己将来能够成为一名专业歌手，可是没想到声乐专业同学的反应却大都是“专业歌手？如果能当上当然是最好不过了”。我开始觉得十分失望和沮丧。

我抱着这种不确定的感觉，又过了几个月。在年底学校举办的忘年会上，我和坐在身边的一个同学随口说起了我的感受：“我在想，要不然我还是退学算了。”“你要不要考虑一下换到我们的专业来啊？”她说。这个同学是创作歌手专业的，据说他们这个专业的学生，全都是一心想成为专业歌手的人。

这个专业听起来真不错！不过如果我想转过去的话，必须得有自己原创的歌曲才行。为了第二年4月能顺利转成专业，我急急忙忙开始着手自己作曲了。

为了作曲，我首先去买了吉他。其实在上高中时，我曾试着用钢琴作曲，但并没有成功，因此也感觉很受挫。这次选择吉他，我是想着或许用弦乐器作曲会更容易一些。虽说这是我第一次摸吉他，我却感觉这个乐器很适合我。

当我在家弹吉他时，即使用的是民谣吉他，声音还是会很大。我怕会吵着在睡觉的外婆，就问她“外婆，吵不吵”，每次外婆都会很体贴地说“尽情地练习吧”。

开始学习吉他两周后的某天晚上，我像往常一样在练习和弦，突然脑中浮现出旋律。连我自己也不敢相信，旋律就接连不断涌出来，渐渐连成了一首完整的曲子。我着迷般地又往曲调里填词，很快地，我就完成了我的第一首歌曲。太好了！写出来了！我高兴地抓起吉他就往门外冲。

“花菜！要吃饭了！”

“妈，现在不是吃晚饭的时间！”

我把妈妈的喊声抛在身后，一口气跑向川西能势口车站。车站口一般都会有一些街头音乐家在演奏。平时，我都是站在旁边观看的听众。但是今天不一样了！今天，我带着自己新鲜出炉的原创作品来到这里，应该会有我自己的听众。我高兴地唱了起来。

就这样，我开始了我一直憧憬的街头演出生涯。

那天，那首我唯一的作品，我竟在街边反反复复地唱了两三个小时。

第二年4月，我顺利地转去创作歌手专业。这才是我该走的道路，我终于有一种站在起跑线上的感觉。

每次我只要一把曲子写好，想写成歌词的内容就会在脑中源源不断地涌出。

我当时写歌的顺序是这样的。通常我会一边弹吉他，一边把基本和弦以及曲子的长度确定下来。然后，我会再次一边弹和弦一边配上脑中自然浮现的旋律和歌词。我大多数情况下是同时作曲和作词，作曲是按照主歌、副歌、过门和结尾的顺序。

每写完一首歌，我都会最先拿去弹给二姐美绪听。“这首不错呀”、“这首不怎么样”、“这段很有某某的感觉”，二姐每次都会说出她的感想。不过因为我更多地只是希望有人能听到我的新作品，所以，我对二姐的建议并没有太在意。

那段时间，我不管是醒着还是睡着，脑子里都在作曲。上课、打工、作曲，生活越来越忙，每天平均睡眠时间只有三个小时，我却总是精神饱满。

那时我在一家叫“笑笑”的居酒屋打工。打工时，我总在围裙的口袋里放几个酒杯垫，脑子里一想到什么歌词，就立刻记在上面。就这样，光酒杯垫我就攒了有几十张。

渐渐地，歌曲创作出来不少。为了锻炼胆量和实力，我和朋友一起正式地搭档在街头演出。在南区、梅田、三宫这几个车站，有时我会和朋友一起演出，有时就我一个人在街边弹唱。说是为了锻炼胆量，但其实，我专挑车站没什么人的时间段去唱。

开始街头演出没多久，六月的某天，“那个人”突然出现在我面前。

音乐专科学校时期

在“笑笑”居酒屋打工。只要一想到歌词，就一个劲儿地往酒杯垫上记。

比赛邀请

2002年6月的一天，我在大阪南区的街头演唱。位于心斋桥筋商业街的大丸百货商店每晚8点关门，这之后周围的小店也会一个个接着闭店。然后，那里就会成为我们这些街头音乐家的演出舞台。

那时几乎还没有什么人会停下脚步听我们演唱，而我也并不是很介意，因为我觉得那时自己的确实力不足。

这天，在唱完几首歌之后，我像往常一样和几个朋友盘着腿席地而坐。就在我们坐着聊天时，走过来一个个子不高、戴着圆框眼镜、穿着西装的大叔。他突然问我：

“你有自己原创的歌曲吗？”

“啊？啊，有啊……”

事出突然，我有点不知所措。而且有一瞬间，我还在心底小声嘀咕：“这个人是这么回事？”也不管我是不是很疑惑，这位大叔接着很认真地问道：“那能不能让我听听你的作品？”虽说心里觉得这位大叔有点奇怪，但在那么多过而不停的路人中，他是第一个主动提出要听我唱歌的人，我心底还是很高兴的。好吧，那就唱吧！

“那我就唱一首刚刚写好的歌给您听吧。”

于是我弹起吉他，唱起新鲜出炉的歌《背影》。

《背影》

两人在一起并不需要理由
然而你却总是喜欢一个人
而我 只有轻轻地敲门

内心的寂寞
如果化作无法消失的疼痛
那么至少我会努力忘记

有多少寂寞
我就给你多少爱

我不会说乖巧的话
也不会施魔法让你振作精神
只是
我的心是这么地 这么地 这么地
惦记着你

我终于看见了
深藏在你心中所珍惜的一切
而时光的流逝太快
转眼你已离我而去

你我都知道
看着你追逐梦想的背影
我只能默默地目送
而如今
我只想珍惜我们剩下的在一起的时光

我不会说乖巧的话

也不会施魔法让你振作精神
无言地看着你的背影在我眼前消失
我不会叫苦
也不会怪你
只是如果可以实现一个愿望的话
我希望我可以一直存在于你的记忆里

听完这首歌，大叔递来一张宣传单，说道："其实我是负责这个比赛的。"宣传单上写着"2002年街头歌手大赛"。这是一场由大阪市和King Records唱片公司[①]一起主办的歌手选拔赛。

"啊，我知道这个比赛。"

"对，就是这个比赛。你唱得很不错，要不要来参加？"

"哈？……"

据这位大叔所说，这个比赛的首轮选拔是需要歌手把自己的歌录成磁带寄给评审，而他认为我刚刚唱的歌已经足够通过第一轮，所以让我直接去会场参加第二轮比赛。

---

① King Records株式会社是讲谈社旗下的唱片公司，成立于1931年。

原来是这么回事。这将是一个极好的检验自己实力和水平的机会啊。

“好的，我参加。”我当场便填写了报名表。“记得预赛那天准时来会场啊。”说完大叔就离开了。

在开始创作词曲不到半年的时间就要去参加比赛，我知道自己的水平肯定不行。但在这样一场比赛中，我应该可以和其他的参赛者切磋技艺，更好地了解自己的实力，也可以看看自己的作品能被多少人接受。这么一想，我也就不在意比赛的结果会是怎样，只想尽自己最大的努力去试试。

现在回头想想，当初的自己抱着这种想法就去参赛，脸皮还真是挺厚的。后来我才知道，报名参加这个比赛的人数超过了一千两百人，而比赛的冠军奖品竟然是“主流出道”①。也就是说，这是一场以关西地区为主、在全国范围内都竞争十分激烈的街头歌手大赛。

比赛当天到了会场，我一进去就被会场内狂热的气氛给震住了。想想也是呢，来参赛的选手可都是些要抓住这次机会，赌上自己未来的人。

而我自己呢，真的才刚刚开始音乐之路，是个初

① 主流出道，是相对于地下出道或是以独立歌手身份出道而言的出道方式。

出茅庐的新手。因为感觉只有我和大家不一样,所以在会场里我待得有些不自在。

在这样的环境下大家开始试音。我唱到一半时,吉他的弦突然断了。真是不吉利！这样一来正式比赛可就没法唱了。幸好距离正式比赛还有些时间,于是我跑去附近的乐器行配了弦,赶回会场。好！这下就没问题了,来换弦吧！

不对,弦,应该怎么换?

我突然顿住了。仔细一想,开始学吉他才不过几个月的时间,我从来没有自己给吉他换过弦。

怎么办？怎么办?！没办法。我只有鼓起勇气找旁边的参赛者帮忙,“对不起,请问琴弦应该怎么换？”

“哈？”

周围的选手一听到我的请求,全都呆住了。我觉得他们心里一定在暗想:“连弦都不会换还敢来参加比赛！”

后来,有个好心人直接帮我把新买的弦换上了。(那位好心人,真的谢谢你了！)

终于在正式比赛时顺利地唱完了那首《背影》,我在会场等待宣布结果。

然后，令人难以置信的事情发生了。

在当天那个会场的预选中，居然只有我一个人通过了！这次比赛的预选分为好几天，在不同的会场举行。最终，只有十五组选手进入决赛，而连琴弦都不会换的我，竟然成为了十五分之一。比起其他人，我自己才是对这个结果最感到吃惊的人。

决赛

决赛，在预选结束四个月后到来。

“今天是决赛，我去了啊。晚饭我会回家吃的。”比赛当天早上，我很随意地和妈妈说完便出门了。预选结束后的这四个月里，虽说我一直都在认真准备却仍算不上干劲十足。因为这段时间我始终在想“我能进入决赛，一定是哪里弄错了”。所以在决赛这天，我是又一次抱着了解自己实力、锻炼自己能力的心态去参加的。我很想知道同样进入决赛的其他选手是什么水平，也很想体验一下决赛会场的氛围。我更想知道在这样的场合下，我究竟能发挥出多少实力。

决赛会场位于樱桥的产经大厅。一到那里，我就觉得被一种不同的气氛所包围。因为其他的参赛选手都有家人和朋友到场当后援团,只有我是孤零零的一个人,我事先甚至都没有想到要和任何人说"来替我加油吧"。

候场休息室里的气氛很奇妙,组乐队的选手们在一起很是热闹,而我又像预选时那样觉得自己融不进那个气氛中。原本就有些内向的我,一个人缩在休息室的角落里,心里默念着:"啊,这个气氛真让人不舒服。比赛赶快结束,让我早点回家吧!"

在试音的时候,其他每一个选手都唱了完整的歌曲,只有轮到我的时候,工作人员对我说:"植村小姐,你可不可以只唱一段?"于是,我只唱了一段就下台了。"为什么只有我?"我的心情一下子低落了下来,心里只想着希望能够早点结束回家。

就在这个时候,电视台的人开始一个一个采访选手,让大家在镜头前表达一下要获胜的决心。我很老套地说了句"我会加油的"之类的话之后,摄像师突然对我说:

"我在预选的时候听了植村小姐你的歌,非常感动,所以今天非常期待再次听到你的演唱。请一定要加油啊!"

真的假的？好！今天就算是为了这个人也要努力唱歌！我之前低落的心情，因为这句话一下子又高涨了起来。现在想来，真的要谢谢这位摄像师。除了他之外，邀请我参赛的大叔（美崎先生）也和我说了很鼓舞我的话：

“我啊，昨天晚上梦到花菜今天拿了冠军呢。”

“哎？这个不可能啦，不可能的。”

“可我觉得这个梦会应验哦。”

“真的吗？真能应验就好了，不过不可能啦。”

就这么聊着聊着，我开始觉得自己真的要为了他们而加油演唱。舞台上，很快就要轮到我出场了。

因为其他的参赛者都有后援团，轮到他们出场时台下都会传来“哇！”“啊！”“加油啊！”的叫喊声。在舞台边上的我听着这些声援，不禁开始后悔：“早知道我也请后援团过来加油了。”

终于轮到我上场了。当我走到舞台中央，说了一句“我是植村花菜”后，可想而知台下一片安静。然后，对着安静的观众席我说道：

“今天，我更多的是为了锻炼自己的能力才来参加比赛的，所以没有邀请任何人来替我加油。不过，现在我有一点后悔。”

我话音一落，会场有些骚动。

接着我就非常努力地唱了《背影》。但是由于太过努力，歌唱到尾声，我突然把歌词给忘了。不过话说回来，原创歌曲的歌词就算忘了，别人也听不出来。我有些不安地想办法把那段带了过去，完成了演唱。

唱完之后我一直在自我检讨“啊……怎么能把歌词给忘了呢”。不过反正是唱完了，接下来我就只是等着回家了。

该做的事情我都做完了。虽说我非常想回家，但还是必须等到所有的选手都唱完后宣布结果才行。

这次比赛的奖品有很多。我悄悄地在心里想，要是能拿到二、三等奖的 DVD 播放机和山地车就好了。

耳边听着组织者叫着其他选手的名字，奖被一个个颁了出去。

轮到 DVD 播放机了……啊！没叫到我的名字，可惜。那就等山地车吧……啊，还是没叫到我。哎，那就没什么奖品是我想要的了。没办法，赶快结束吧，我想回家，想吃妈妈做的饭……

“让大家久等了。下面要宣布的是本次杯赛的冠军。获奖者是……第十二号参赛选手，植村花菜小姐！”

“哎？”

出大事儿了！我居然是冠军？也就是说我会发CD出专辑了？等等，冠军的附属奖品MD机我已经有了啊，不需要了……

因为太吃惊了，我整个脑子变得很混乱。

回到家后我就向妈妈汇报了比赛的结果。果然，连妈妈都吃了一惊。外婆一直卧床不起，那天我回家的时候她也已经睡了。可我无论如何都想告诉她这个好消息，所以我走进她的房间，打开灯，说了一句：“外婆，我回来了！”

“你回来啦。”

“外婆，花菜在比赛中拿到了冠军哦！”

“是嘛？那真是太好了！今后也要加油啊！”

“嗯，我会的。不好意思把你吵醒了，你接着睡吧。晚安。”

“晚安。”

其实，我也不确定那个时候外婆到底有没有弄清楚我获奖是怎么一回事，但是至少把这个好消息告诉了外婆，我也就满足了。关了灯，我离开了外婆的房间。

从我第一次拿起吉他开始作曲到获奖，才过去十个月。而仅仅是想锻炼一下自己才参加的比赛，我竟然就获得了冠军，这是我之前连想也没想过的事。即便已经知道了自己将会出道，我仍然觉得这件事很不真实。只是想着："这样的我真的可以吗？"那时，我自己的原创作品还很少，唱歌之路也才刚开始，为了能够出道而该做的一切准备也都还没开始。这样的我就出道，难道真的没问题吗……

果然，不出所料，从比赛结束到我真正和唱片公司签约，这之间我足足等了一年多的时间。

妈妈和算命先生

接下来我要说的事情稍微有一点偏离主题,不过因为是在我即将出道的时候,又是很难得的和妈妈有关的事情,所以我决定稍微和大家分享一下。依旧是一段听来有点奇怪又滑稽的插曲。

在获得比赛冠军时,我觉得不知所措,其实还有另一个原因。

在开始街头表演后的半年左右时间,我渐渐有机会进入歌厅举办小型的演唱会。就是在那里,我遇到了一位音乐出版社的工作人员。我们就暂且称他为M先生好了。M先生对我说:“我希望从今以后可以和植村小姐你一起工作。我会替你加油的。”

虽说我不太明白“音乐出版社”究竟是做什么的，但是就觉得听起来很厉害，我也很高兴。

当时我对于音乐业界不是很了解，能有专业人士主动找到我并愿意帮助我，我兴奋得简直手舞足蹈了。我下决心要和 M 先生一起工作。当然了，这也是因为那时我根本没有想到自己会在比赛上获奖。

M 先生对于我参加比赛一事并不是很满意。但我告诉他“没关系，我只是去锻炼一下自己的能力”，于是，我还是去参加了。当我告诉他我通过预选的时候，M 先生的反应是希望我能退出决赛。我问他为什么，他的回答是“万一你得了冠军，很多事情会变得很麻烦”。

“M 先生您说什么呢。我才刚开始学音乐不久，是不可能拿冠军的，不会有问题的。”我笑着回应他，并以这种轻松的心态参加了决赛。只是没想到，我还真的拿了第一。在开心的同时，我竟然也慌张起来：“哇！还真的拿冠军了。怎么办？该怎么跟 M 先生说？”

考虑的最终结果，我决定辞谢到手的冠军。一方面我觉得跟 M 先生已有言在先，另一方面我也觉得自己的实力还没有真正达到可以出道的水平。

于是,我直接找到比赛举办方,一五一十地告诉他们我不要这个冠军了。对方当然很为难。因为这次街头歌手大赛是第一届,首届的冠军就拒绝奖项,往后的比赛该如何是好。

在这样的情况下,大赛举办方表示,因我还是个未成年人,所以这事需要和我妈妈谈谈。

尽管这件事我并不乐意,但是唱片公司的人很快就来到川西,和妈妈交谈起来。妈妈从头到尾一直安静地听着对方的说明。

那时的我因为已经做好了决定,所以一心想着只要唱片公司和妈妈谈完,一切问题就都解决了。现在想来,那时自己的想法可真是幼稚啊。

唱片公司的工作人员和妈妈谈了很久后离开了。我心里一块石头落了地,觉得自己重获自由了。正想跟妈妈说“谢谢”时,我却发现她的反应有些奇怪。因为妈妈对于我的事一贯都是好坏无所谓的态度,每次都会说“做你自己想做的事情就行”。可这一次,她却一副若有所思的样子,实在是和以往不同。“妈妈,有什么问题吗?”我的话刚一出口,她突然说:

“妈妈决定现在去找一下算命先生。”

“啊?!”

“我要去问问算命先生到底应该怎么办。她只要有名片就能算出来,花菜你赶快把大家的名片都准备好。”

妈妈本来就喜欢算命之类的事情,也经常买些奇奇怪怪的祈祷用的器具和书什么的。大概就在此之前不久,有人给她介绍了一位算命先生,妈妈觉得这个人算得准得不得了,所以决定要去找她算一算。

我立即叫住已经要走出门的妈妈:“等一下!如果这样的话,那我也一起去,再怎么说这也是我自己的事。”于是,我们母女俩一起去了尼崎。

算命先生的房子看起来没什么特别,人看起来也是位很平常的阿姨。在问了我的姓名、生日之后,她就先帮我算了一下事业运。让我稍微安心一点的是,她说我是适合走唱歌这条路的。

接着,我们把唱片公司工作人员和音乐出版社的M先生的名片都给了她,请她帮我算算我到底应该选择跟哪一方一起工作。这时,算命先生拿出一根棒子,让我拿住其中一头,另一头绑着一个钟摆一样的东西。然后,她把名片插在钟摆上,仰起脸冲着天花板开始嘟嘟囔囔地唱着什么。

她先插的是唱片公司的名片，钟摆开始朝着右边慢慢地旋转。然后是M先生的名片，钟摆这一次是朝着左边激烈而飞快地旋转。

呜哇！怎么回事……

又过了一会儿，算命先生很严肃地说道：“算出来了。”她说唱片公司这边，是真心地支持我，我应该和他们一起工作；而M先生那边，只是想利用我的才能来提高他自身的地位而已。据说钟摆向左飞快地旋转，就是表示这件事情不能去做。

我心里其实已经做出决定，要拒绝唱片公司而选择M先生。所以当听到这样的结果，我无论如何不能理解和接受。在回家的路上，我一直想着究竟该怎么办。我觉得这不过是算个命而已，我打算不听她的，还是想去找M先生。我和妈妈随便找了一家店吃晚饭。进店坐下来之后，妈妈突然面露喜色，松了口气般地说道：“太好了！真的太好了！”“其实啊，花菜，妈妈很为这件事情苦恼呢。你说你要是拒绝比赛的冠军奖项，要给多少人带去麻烦啊。妈妈最不希望花菜变成给别人添麻烦的人。但是你呢，是个固执的孩子。我知道要是我直接这么跟你说，你肯定听不进去。妈妈想把想法告诉你，却怎么也说不出来，所以真的很苦恼。还好今天算命的结果是这样的,真是太好了。妈妈真的很高兴!”

妈妈这番话着实让我觉得很意外。我竟然一点都不了解妈妈在想些什么。原来妈妈这么为我担心啊。其实,真的直到那一刻之前,我都还是想去找 M 先生的。但事情发展到这一步,已经不仅仅是音乐的问题,而是母女关系的问题了。如果我完全拒绝听取妈妈的意见,一意孤行地选择 M 先生那边的话,我和妈妈之间,大概这辈子,都无法理解对方了。

我不想让妈妈伤心。因此,尽管已经拒绝了唱片公司,我又一次找到他们,请求他们再给我一次机会。

这件事情之后,妈妈就再也没有插手过我的工作。

街头演出的记忆

在之前那段混乱的日子里，我依然坚持踏踏实实地写歌唱歌，有时在街头，有时去歌厅。

那段经常在街头唱歌的日子，真的总是既让人忐忑又充满了乐趣。

我觉得在路边唱歌这件事本身，就是很令人愉快的。我喜欢观察路人的反应：今天有多少人停下脚步来听我唱歌呢？大家路过的时候脸上都是什么表情呢？当然了，因为我的水平有限，几乎不会有什么人驻足，我也一点都不在意。但当我偶尔发现有人站在远处聆听的时候，我会更加干劲十足地唱。

我在川西、三宫、梅田、南区等很多地方都演唱过，一年四季捧着一把吉他站在街头。我通常是从天黑之后唱到深夜。但也有时只唱一个小时，有时又会和朋友一起边聊边唱，唱足五个小时。

说到街头演唱，那就是表演的人有唱的自由，路过的人有听的自由。如果你的歌无法传达到听者的心里，他们当然就只是匆匆路过。这是街头表演的自然法则，而我就喜欢这种感觉。

当然，这段经历让我得以拥有很多很多有趣的“邂逅”。

比如喝醉的大叔经常会找我说话。他会点歌：“来一首《酒和眼泪，男人和女人》。”我只好道歉说我不会，但是，我会给他唱一首《仰首向前走》。大叔还经常会说的是：“我和隆仁[①]是哥们儿，我把你介绍给他吧？现在就给他打电话。”真是可爱的大阪大叔！通常这种时候，我会一直陪他说话说到尽兴为止。

有时，还会有人听歌后给我零钱，我觉得能有听众就已经很开心了，所以会拒绝。然后，他们会悄悄买来一瓶热的罐装茶放在我身旁，说一句“天气很冷，请加油！”然后离开。

---

① 家铺隆仁，大阪出身的歌手、艺人、主持人，活跃于关西当地的电视台。

在我唱恋爱的歌曲时，会有一直安静聆听的女孩子突然哭出声来。“我现在的经历就和歌里唱的一样，很痛苦。”说完当场就找我做起情感咨询。我还曾遇过正在学习摄影的学生，做过他们的模特。

最让我难以忘记的是那群无家可归的大叔们。他们以车站口的广场为“家”，每次在我开始演唱后，他们就会五六个人凑在一起，坐在离我稍微有点距离的地方静静地听。我猜他们大概担心如果离得太近，会给我带来困扰吧。我在想，这些大叔们，应该可以算是我最初的歌迷了吧。

就这样，我每天在街头看着来往的路人唱着歌。

唱完歌后，我就背上吉他，骑车去打工。

在街头唱歌半年之后，我开始有机会在歌厅里唱，起初大约是一个月一次。后来渐渐机会增多，在街头表演的时间就相应减少了。

用音乐让家人的心灵重聚

我们植村家，每个人都有各自的喜好。不知道是因为不晓得如何交流呢，还是天生就合不来，总之在任何时候、任何事情上，大家彼此都不合拍，最后总会演变成吵架，最终的结果就是整个家变成一盘散沙。

妈妈的离家出走是家人疏远的“高潮”。虽说后来妈妈还是回来了，但仍然无法做到和哥哥同处一室。所以，她先搬到了外婆家的二楼去住。

大姐和二姐大概是不愿意被卷入这样的纠纷中吧，所以都不太插手家里的问题，我行我素地过着自己的生活。

看着大家虽然住在同一屋檐下，却各自为政，我觉得很寂寞。

然而就在这时，发生了一件让我难以置信的、值得高兴的事。

当我开始要在歌厅里演唱时，喜欢画画的二姐美绪突然主动提出，要帮我画演出宣传单。事情还不止这些。“你要去演出的话，我去给你拍照片吧。”大姐桃子竟也主动提出了要帮忙。大姐是个白领，同时还在专科学校学习摄影。

“哇，真的假的？那可太好了！我太高兴了！”

说实话，直到那时为止，我几乎没怎么和大姐桃子说过话。因为我俩年龄相差九岁，从小我就只和二姐美绪关系比较好。我和大姐性格很不同，她总是很酷地自己画画什么的。每次我说话时，她都会嫌我吵：“算我求你了，能不能把你的嘴闭上，就十秒钟也行。”还记得被大姐这么说过后，我觉得很受伤。

即便是这样，我一直都还是很喜欢大姐的。所以，当听到她说要来歌厅帮我照相时，我觉得自己简直像在做梦一样。

然后，到了演出的那天。

我居然在观众席上看到了妈妈和哥哥的身影。

妈妈和哥哥都到场了，大姐负责照相，二姐负责宣传单设计。哇啊！我们植村家重聚了！

在各自分散了那么久之后，因为我的演出，植村家重新合为一体了！

那一刻我想到的是，从今往后，只要我还继续在音乐这条道路上走下去，家人们的心就能因此一直凝聚在一起。

在这次演出后不久，我突然觉得应该改一改我对大家的称呼。

原本都只被我叫“姐姐”的大姐，我改叫“桃子姐”。

一直都只叫“哥哥”的大哥，我改叫“小光”。

而原来被叫作“美绪姐”的二姐，则变成了“美绪绪”。

尽管仅仅是改变了称呼，兄弟姐妹间的距离却感觉一下子拉近了。

因为之前没有任何的铺垫，我一下子就把对他们的称呼给改了，我想大家都会有些不知所措吧。但是，哥哥姐姐们并没有说什么，也就这样接受了。

或许是我自我感觉过于良好，但我真的觉得，因为我的音乐，全家人的关系比之前改善了许多。

去东京

在我为了选择出路大闹了一场之后,原本被我拒绝了的唱片公司还是再次接收了我。不过在那之后,有整整半年的时间,他们却毫无音讯。我甚至开始怀疑,他们说的让我出道这件事是不是个骗局。

我是那种做事比较谨慎的人。我原本就认为自己的实力还不足以出道,所以,即便对方一直没有跟我联系,我也只是安心地写歌和演出,不慌不忙地生活。

唱片公司在时隔半年后,终于派了一位板桥先生与我联系。当时他负责新人开发的工作,后来他成为了我的制作人。

我已经不太记得最初见到板桥先生时他说了些什么，只留下一个印象："这个人说话的时候眉毛真是上下翻飞。"在此之后又过了半年，唱片公司总算决定在当年秋天将我推出市场。于是，在我二十岁那年的秋天，我作为King Records唱片公司的歌手，正式出道了。

2004年4月，公司方面希望我把兼职的工作辞掉，专心做音乐。自此，我作为正式的创作歌手开始了个人的音乐生涯，也同时开始了我往返于东京和大阪之间的生活。

当年6月，作为独立歌手，我发行了人生中的第一张CD专辑《花菜》。这张专辑里包含了两首我的原创作品和一首翻唱歌曲。最初，在听说可以收录一首翻唱歌曲时，我连想也没想就决定选择《田纳西华尔兹》。这是我从小学开始就想翻唱的歌曲，也是我小时候和外婆一起，每晚睡觉前必听的歌曲。这是属于我和外婆两个人的歌曲……

不过，外婆当时听的是帕蒂·佩姬的版本，而我翻唱的则是江利智惠美[①]女士的日语版本。

① 日本著名歌手、演员，是日本著名演员高仓健的前妻。

这张专辑发行时，我在川西的 HMV[①] 举办了一个店内的现场演唱会。那天来了很多当地的歌迷，当然还有我的家人们，就连行动不便的外婆也都来了。我非常用心地演唱了那首《田纳西华尔兹》。在外婆面前唱这首歌给她听，那是唯一的一次。

第二年 5 月，我以单曲《心爱的人》主流出道。

在那之后，我就一个接着一个地参加各种现场演唱会和专辑推广活动，时间排得很满。即使偶尔回家，我也仅仅是和外婆简单地打个招呼问候一下，再也没有机会好好聊天了。

而我们家，还是那副老样子，时而吵架，时而平静。我每次回到家，所听到的不是“电话坏了，换了新的”，就是“墙上破了个洞，所以安了个架子”之类的话。我想，这个家今后也就一直是这样了吧。

在我主流出道后不久，我从妈妈那里听说，外婆几乎不怎么吃饭了。

---

① HMV 是一间连锁唱片店，源自英国，分店遍布世界多个国家和地区，包括日本、加拿大、香港、新加坡等地。

外婆身体还很好的时候。大家一起过新年，外婆做的煮黑豆是最好吃的！

我拿着一把吉他参加各种活动，为主流出道做准备。

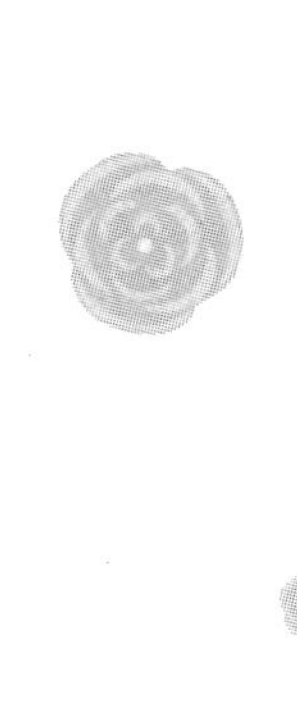

第四章　与挚爱的外婆分别

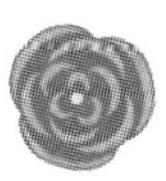

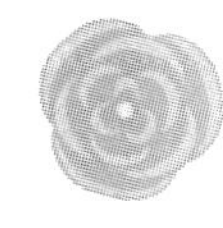

外婆的离去

2006 年 8 月末，在我出道后一年的某一天，我接到妈妈的通知，说外婆住院了。怎么会这样呢，明明我 7 月份回去时，外婆的身体还没有这么差……

7 月末，我因为工作的原因正好回了一趟大阪。和往常一样，外婆在睡觉。我走进她的房间打开灯："外婆，我回来了！"外婆从床上坐起身，微笑着答道："你回来啦！刚到家吧？"

"嗯，刚到家。我最近一切都很好哦。"

"那就好。这次回来什么时候走啊？"

"因为工作关系，明天就要回东京。"

"那你要注意身体啊！"

“嗯，外婆，晚安。”

因为外婆看起来很疲惫的样子，我便就此结束聊天，关灯离开了她的房间。一直以来，我和外婆之间都是这样的，聊天的内容也差不多。唯一变化的是，我双手握着的外婆的手，一天天地干瘪下去。

我问妈妈是不是外婆最近都只是在睡觉，所以又消瘦了很多，没想到妈妈说：“外婆最近都不肯吃饭呢。把饭端给她，她也说不需要，真是拿她没办法。”听妈妈这么一说，我又回到外婆房间，把灯打开。

“外婆啊，听说你不肯吃饭？不好好吃饭怎么行呢？”

“我肚子不饿，不需要吃。”

“是不是哪里不舒服啊？要不去医院吧。”

“不去！你外婆哪里都没问题，不需要去医院。”

一直就很厌恶去医院的外婆，始终固执地不肯点头答应去看病。

“但是，你不吃饭我们大家都会担心啊。如果外婆不喜欢一个人去医院的话，花菜陪你一起去好不好？花菜下次回来的时候，抽时间陪你一起去好不好？”

“不需要。我自己的身体我自己有数。你外婆我一点问题都没有，根本不需要去医院！”

那天，无论我怎么劝她、怎么求她，外婆就是不肯改变主意。

“那好吧……那你至少要吃点东西。”

于是，我只好又一次关了灯，退出了外婆的房间。

我原本把事情想得很简单。我以为外婆跟我关系最亲，只要我说陪她去医院，她就一定会答应。没想到就连我出马，外婆也一口拒绝了。看来她是真的不会去医院了。

那天晚上，有一瞬间，我觉得外婆的身体可能真的不行了。本来，我想故作轻松地跟妈妈说，这个夏天我们可能应该做好外婆离开的准备。可最后，我却什么都没说。家人之间的感情，就是这么神奇。虽说不安，我却突然觉得外婆永远不会有事，她可以一直维持这个状态下去。其实我也知道，这是不可能的，但我心里却愿意相信，外婆可以坚持下去。

因为外婆如此坚决地拒绝住院，所以当我在东京接到妈妈的电话说外婆入院时，我真的吓了一跳。正好那之后一周，我在大阪有工作安排，所以决定趁那个机会去医院看望外婆。在这一周当中，我一直很担心外婆。但想到在医院里有医生照顾，我又稍微有些安心。

然而，妈妈在电话里没有告诉我的是，其实外婆已经被确诊是胃癌晚期。据医生说，她随时都有离开的可能。

一周后，我一回到大阪就直接去了医院。让我有点意外的是，病房里的外婆看起来精神不错。

“外婆，我回来了！”

“你回来啦！回来啦！”

“外婆啊，你总算肯住院啦？之前还那么坚决地不肯来呢。不过也好，这样我才放心。”

“没办法啊，没办法。”

“赶快让医生给你好好看看，然后快点好起来！还是要吃饭才行啊。”

“嗯，说的也是。”

稍微聊了一会之后，外婆突然说道：“外婆累了，想睡了。花菜，你回去吧。”说完，外婆就把眼睛闭上了。

“嗯，我明天午饭的时间回东京，早上再过来看你一次。外婆，拜拜。”

看到外婆和往常一样，精神也还不错，我终于稍微放心了一点。回到家，我什么也没多想地和妈妈聊着：“外婆看起来精神挺好。真好！”然后，我就像往常一样上床睡觉了。

第二天早上五点，我被姐姐们叫醒：“医院来电话了！外婆病危！”怎么可能！明明昨天还是很精神的嘛……我衣服也没顾上换，就直接冲出家门往医院跑去。

病房的门开着，外婆“哈”“哈”地痛苦地呼吸着。

“外婆！外婆！”我一边叫着，一边紧紧地握住外婆的手，那双干瘪瘦弱却仍然温暖的手。

“外婆，外婆，是我啊，是花菜，你听到了吗？”我觉得，我看到外婆紧闭的眼皮下，眼珠动了动。“外婆，花菜就在这儿！”我一直握着她的手不断地和她说这句话。渐渐地，外婆原本很痛苦的呼吸慢慢平稳下来。这时，我明白外婆是真的要走了。

我想起了2004年白色情人节[①]那天，一直陪在我身边的爱犬“恰比”离开的情形。“恰比”临终前，我一直守护在它身边。外婆现在的状态和“恰比”当时完全一样。“恰比”也是“哈”“哈”地痛苦地呼吸着，但随着我轻抚它的身体，它的呼吸也渐渐平稳下来。“没关系了吧？太好了！恰比，刚刚很难受吧？”就在我这样和它说话的时候，“恰比”渐渐停止了呼吸。

---

① 每年的3月14号在日本被称为白色情人节。

现在的情形和那时完全一样。

我知道这个时候无论我做什么都救不了外婆，我突然无法在病房里多待一刻。我冲了出去，躲进洗手间，开始放声大哭。外婆，这一次，是真的，再也回不来了。外婆，去世了……

我躲着号啕大哭了很久，突然意识到这样一个人哭下去，就会连外婆的最后一面也见不着了。于是，我把眼泪擦干，对着镜子调整出一个平静的表情，再一次回到病房。我又一次握住外婆的手，不断轻声地说着："外婆，我是花菜。花菜就在这里陪你哦。"

天大亮的时候，外婆终其天年，以八十三岁的高龄，去了另一个世界。

柔和的日光从窗外射入病房。

外婆神态安详地躺在床上，脸上略施淡妆，身上穿着有淡紫色花纹的浴衣[1]，头发编成了麻花辫放在一侧。我仿佛看到了平日里的外婆，她仿佛还在问我："花菜，你回来啦！下次什么时候回来啊？"

外婆看起来真的好瘦小啊！我以前怎么从来没觉得她这么瘦小呢？我还记得小时候，我和外婆站在

---

① 日本的夏季和服。

厨房里比身高。我会拼命地挺直腰板说:“我和外婆一样高!”之后渐渐地,我长得比外婆高了。再比身高时,我们彼此对笑着,我说:“我超过外婆啦!”外婆则说:“哎呀,我被花菜超过喽!”再后来,我的个子越长越高,而外婆的身材却随着年龄的增长变得越来越矮小。也就在这不经意间,我和外婆的距离也越来越远了。

在外婆去世的当天,临走时我只说了一句“外婆,那我去工作了”,就回东京了。因为我知道,若是外婆还健在,见我因此就取消工作,一定会批评我的。

坐在回东京的新干线上,我突然意识到这样一件事:如果外婆早一天去世,我就会因为工作的关系而无法见到她最后一面;相反,如果她晚离开哪怕几个小时,我又会因为已经回到东京,也无法替她送终。一切真的都那么巧!

外婆简直就像对我的工作时间表了如指掌一样……

回到东京后,我的工作是到电台进行广播的公开录音。因为听众们就坐在眼前,我绝对不能露出悲伤的表情。我仿佛听见外婆在说:“花菜,不可以哭!”所以,我只有咬紧牙关,用笑容面对大家。

因为不想影响工作现场的气氛，关于外婆去世的事情，我并没有和任何一个工作人员说。

外婆的《田纳西华尔兹》

葬礼的当天，我一结束工作，就立刻坐飞机回到了大阪。

直到葬礼开始前，我整个人都还很平静。我还能够冷静地想：一会儿我肯定会哭，所以需要用防水的睫毛膏。我也还能够和大家一起讨论，应该买一个配丧服的黑色的包。

然而，当我踏进葬礼会场的那一瞬间，我的冷静尽失。因为当时会场播放的背景音乐，竟然是我第一张专辑里翻唱的那首《田纳西华尔兹》。

这是属于我和外婆两个人的《田纳西华尔兹》啊。

从那一刻起，我的泪水就没有停止过。我想，可能是妈妈和殡仪馆的人选择这首歌作为背景音乐的吧。

葬礼开始，主持人开始讲述外婆的一生。

外婆出生在距离冲绳很近的鹿儿岛县上一个很小的岛屿——冲冰良部岛。岛上只有一所小学，外婆的父亲，也就是我的外曾祖父，就是那所小学的校长。父亲管教严格，加上家中有很多兄弟姐妹，外婆似乎从小就吃了很多苦。在所有的兄弟姐妹中，除了外婆以外，大家都是不仅学习好而且擅长体育的好学生。被冷落的外婆忍受不了那样的生活，逃出了小岛，结婚生子，然后离婚。就在她自己一个人一边工作一边带着孩子的时候，外婆遇到了植村家的外公……

在这次葬礼上我才发现，原来关于外婆的很多事情，我都一无所知。

原来，我这么不了解外婆的过去。明明一直住在一起的，我都做了些什么呢？为什么没有再多跟外婆聊聊天？再多聊一点该多好啊……明明和外婆约好了要一起去她的故乡冲冰良部岛看看的，结果还是没去成。明明还想再和外婆一起去逛街，明明应该还有好多能在一起的时间，明明……一想到这些，我的伤心无法抑制，泪水也随之汹涌。

外婆后来的人生，便全部都是围绕着外孙和外孙女们的了。

“和嘉女士生前喜欢听音乐，尤其是乡村歌曲。她还特别喜欢民谣吉他的音色，每次她的外孙女花菜小姐在家里弹奏民谣吉他时，和嘉女士都非常开心。”

啊……原来，外婆还喜欢听民谣吉他！

我之前怎么从来都不知道呢？虽说我经常在家里练习，可我从来没有当着外婆的面，专门为她弹奏过，一次都没有。要是知道她喜欢的话，我一定会为她弹奏的。我是多么想专门为她弹奏……

我是一个多么差劲的外孙女啊！

于是，就在那一天，在那一瞬间，我觉得我是那么地对不起外婆，我无法承受对她的愧疚，哭到无法自拔。那一刻我才知道，原来，人真的会因为内疚和伤心，流出那么多的泪水。

外婆棺材的周围摆放着鲜花，我就趴在棺材旁不停地哭喊着“外婆！”“外婆！”一想到只要棺材盖一盖上，我就真的再也见不到外婆了，我拼了命地扒住棺材的边缘，不让人把盖子盖上。家人们只好使劲把我拉开。那一刻，我连声“对不起”或者“谢谢”都说不出来，只能一遍又一遍地哭喊着“外婆！”“外婆！”

葬礼结束后，舅妈又跟我说了一些关于外婆的事。

“花菜啊，你外婆每次只要开口说话，就一定会问：‘花菜下次什么时候回来啊？’‘花菜最近过得好不好啊？’她真的是什么时候都只惦记着你！”

“所以啊，外婆她其实最后一直就是在等着花菜你回来看她。等到你回来了，最后见上了你一面，她这才安心地离开的。”

原来是这样啊。

外婆，对不起，真的，真的，对不起……

当时的我，满脑子都是那些没能为外婆做的事情，没能对她说的话。原来我真的一点都不了解外婆……想到这些，我整个人被各种各样的后悔击垮了。

舅妈看着哭个不停的我，又补充道：

“以后，你要一直记着外婆。我想，只要花菜你记着她，她就会很高兴的。”

是啊……无论再怎么哭泣，再怎么后悔，外婆已经不会再回来了。但是，至少她会一直活在我的心中。我要一直在心里记着她，然后好好地活下去。

舅妈说的这些话,多少让我感到解脱了一些。

现在仔细想来,我弹吉他也好,唱歌也好,都是因为受到喜欢乡村歌曲的外婆的影响。学钢琴受挫后我会选择吉他,然后又顺利地用吉他作曲,这些也都是来自外婆的遗传吧,因为她就喜欢民谣吉他呀。没有外婆,就没有今天的我。

所以,每当我想起外婆,我就觉得她一直活在我的心中。将来遇到什么事情时,我都会在心底呼唤她。我也会抽时间去为她扫墓。

尽管从今以后,回到家时,我再也不能大声地对她说一句“外婆,我回来了!”但我会站在佛龛前,笑着说一句“外婆,我回来了!”

对一直守护着我的外婆说一声“谢谢”。

然后,我会双手合十,希望这一切,在天国的外婆都能听见。

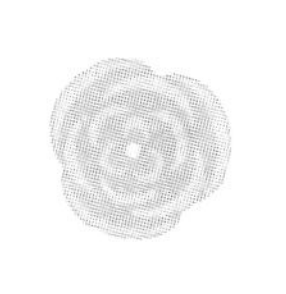
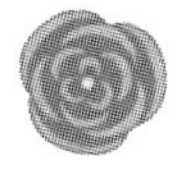
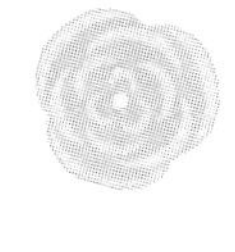

第五章 让心中的花盛开

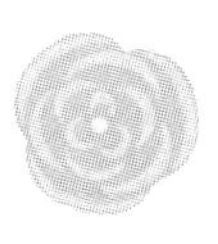

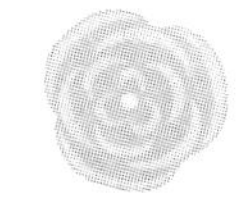

那些在恋爱中学到的道理

一个人在东京奋斗的日子里,我遇见了那个人。

遇见他时,他已经三十一岁,还在东京市内经营一家餐厅。而在此之前,他已经在意大利、英国、法国、泰国等很多国家学习了十多年厨艺。

他个子很高,有一米八三,身材很壮,整个人看起来感觉像个大猩猩。他对工作要求严格,但是待我却非常温柔。总的说米,我周国所有的人提到他,都会说他是个好人、我找到了一个好人、从没见过这么好的人之类的话。

在遇到他之前,我一直希望自己可以成为某个人心中的“第一”。

不管是谁，哪怕只有一个人，我希望能在那个人心中排在第一位。

因为在那之前，这个梦想我从来没有实现过。不管是在家人、还是在恋人心中，我都没有成为过“第一”。

可是和他相遇之后，他真的把我放在了第一位。

这么好的人，居然会喜欢我。

我真是幸福啊，确实很幸福。

然而，人为什么总是那么贪得无厌呢？

应该很幸福很满足的我，却渐渐地觉得哪里有些美中不足。仔细一想，原来是因为我生活已过于稳定，整个人也过于安心下来。

而这个状态最直观地表现出来的问题就是，我写不出歌来了。

没有灵感，无法创作了。于是，我和他在一起也就渐渐感觉不到幸福了。

人啊，真是复杂的动物。

我人生中第一次交男朋友，是在我十六岁上高中的时候。

我是在摩斯汉堡店打工时认识他的。他比我大三岁，是一个非常喜欢限制我的人。他经常会说的话是“花菜你在上课和打工以外的时间全部都归我”。

要具体说起来这有多严重的话……举个例子吧。有一次，一个朋友想找我聊聊她感情上的问题，我的男朋友决定给我们两个小时的时间。他陪我一起去找到了那个朋友，离开之后，他竟然在整整两个小时后准时回来找我们。尽管我和朋友还在继续聊着，可男友还是不管不顾地硬把我拉走了。

男友打工的时间是深夜，因此他如果想见我，就只有清晨五点来我家找我。然后，在我去学校上课前的时间里，我们两个人就一起在24小时麦当劳店里待着。所以那段交往的日子，只要他前一天晚上打工，第二天我就得早晨5点起床。没睡醒的我，每次脑子里都会迷迷糊糊地想：“凭什么我一直要一大早5点钟就起床啊？”

所以，和他交往后，我连和家人、朋友喝杯茶的时间都没有了。即便是这样，男友还是一直说“每天都想见你”，“我是真的喜欢你，所以就算每大见面，也不会觉得腻”。听到男友这么说，我也就这么相信了。

但是后来，我和男友之间还是产生了问题。不过，这倒并不是因为他处处管着我引起的。我们俩最终分手的原因，是吵架。

起初，我还为我们俩可以吵起架来而感到高兴。因为我原本性格内向，对任何人都不擅长表达自己的想法，总是把自己的感情埋在心底。在与男友第一次吵架之前，我从来没有跟家人以外的任何人发生过感情上的激烈冲突。所以，我天真地认为“两个人如果能吵架，那就表明感情好得简直就像一家人一样”、“我们俩已经好到什么话都可以说的地步了”、“这说明我们两个人之间彼此信赖啊”。

然而，我们之间的吵架在逐渐升级。很快地，我们会毫不客气地说伤害彼此的话，即使鸡毛蒜皮的小事，最终也会以吵架收场，后来，甚至演变成只要我们一见面就会吵架。这种随时可以分手的关系维持了一年零两个月。最后，我终于无法接受这样的自己。恋爱本不该是这样的啊，相爱的两个人在一起应该是很开心的，而此时的状态也应该是最美好的，整个人都应该在闪光的……

最后，我还是和这个男友分手了。分手时我对他说：“我并没有不喜欢你，可是每次跟你在一起，我就变得越来越讨厌我自己。所以，我们还是分手吧。”这次初恋的失败让我感悟到，即使关系再好的两个人，也不能忘记要体谅彼此。两个人能够做到无话不谈固然很好,但也不能完全不顾及对方的感受。就像有句老话所说:关系再亲密的家人和朋友间,相处时也要不失分寸。

这就是我从第一次恋爱中学习到的道理。

那些在辛酸爱情中诞生的歌曲

同第一个男友分手后不久，我就交了第二个男友。

后来我自己常想，我在交男友的时候表现出的差异真的很大呢。第一次恋爱，因为我把自己的感情全部毫不掩饰地表现出来而搞砸了。于是，第二次我就彻底压抑自己的情绪。两个人明明在交往，可竟然连“我想你”这句话都不敢说。万一我说出来了让对方很困扰呢？万一他现在正在忙呢……我就这样擅自揣测着对方的想法，压抑着自己的感情，什么表达情感的话都没有说出口。男友认为我态度不明朗，渐渐地便与我断了联系。这一次恋爱只维持了三个月，成了我恋爱成长史中最短的一个章节。

我在这一次恋爱中学习到的道理是——做任何事情都不要走极端。

关于我和第二个男友之间的感情问题，我一直有一个商量咨询的对象。

这个人就是我和男友常去的一家餐厅的店长。这家餐厅既可以用餐，也可以像在酒吧一样在里面喝酒，所提供的菜和酒的味道也都很好。

看着我和男友之间的矛盾，店长也很关心："我觉得你男友是个不错的男孩子，你确定要和他分手吗？"有时餐厅关门后，我会和店员还有店长一起去唱卡拉OK。明明并没有用审视男友的眼光来看店长，我却渐渐地开始在意起他的一举一动。那段时间，正好店里遇上些麻烦，我看着特别认真努力处理问题的店长，很想支持他，有些心动。我喜欢上他了！

和男友分手后，我跑去店里告诉店长我的心意时，他这样回应我："真的这么决定了？我现在因为店里的事，没有多余的精力。我想等到一切问题都解决了，再认真地和你开始。你愿意等我吗？"

而我只回了三个字：

“我愿意！”

现在想来，为人成熟的店长其实只是把我当作孩子看待。这之后辛酸痛苦的恋情，是我在当时无法预料的。

只要去餐厅，就能见到店长。所以我只要想他了，就会往店里跑。然而店长说，因为开店是服务行业，两个人交往的事情如果让大家知道会影响餐厅经营。所以，他希望我能就交往的事情保密。我并不太懂餐饮这一行，想想觉得店长说的也挺有道理，就很自然地答应了。

所以，即便有时看到有些女性顾客和店长关系很亲密，我也会想着：店长那是在照顾客人，那都是为了工作。然后我便会因为信任店长而释怀。啊……现在想来，那时的自己可真是一个傻瓜。

餐厅休息时，我和店长会一起去京都或者神户。我总是特别开心，因为和从前大清早起来去24小时麦当劳相比，这才是像样的成人间的约会。店长因为工作的原因，自己用餐有时很马虎，我就会做了便当送去给他。那个时候我真是开心啊！是啊，最初的那一个月……

秘密交往到第二个月，店长给我的短信突然少了。就算是餐厅休息的日子，我也经常见不到店长。我想他，却联系不上。餐厅里又没人知道我们交往的事情，我一下子连个可以商量的人都没有了。

店长曾经跟我说过这样的话："花菜啊，你是我到目前为止遇过的最好的女孩儿。"我听到后高兴得不得了。但是也正因为这句话，我始终提醒自己"要一直做个懂事的好女孩儿"。因此，不管我再怎么想见店长，我都要求自己要做个什么事都替他考虑的好女孩儿，生生地将思念之情忍住了。

正好就在那段时间，我在音乐专科学校从声乐专业转去了创作歌手专业。我需要开始自己创作歌曲。我的第一首原创作品，描写的就是我和店长之间的故事。我的第一张专辑，也是以这首歌命名的——《为了可以常常微笑》。

《为了可以常常微笑》

不管发生什么　都要微笑着　两个人彼此微笑着好吗？

虽然我还不够可靠　但请你相信我

能听到你这么说　我非常开心

当我们长大成人 就会了解痛苦的滋味
尽管人人都想要避免受伤

把不安和悲伤埋在心底
让幸福和信心触手可及
我整理好自己的心情 为了可以常常微笑

没什么可担心的 我会变回以往那个自己
只要打起精神 努力加油
我要变回以往那个自己 否则就失去了和你在一起的意义

从十八岁那年的那个8月开始，我和店长交往了半年左右。因为心里憋得实在难受，所以我向一个朋友挑明了我这段恋爱关系：“我总是见不到他人，想联系却又不敢，就只因为店长说我是个懂事体贴的好女孩儿。”朋友听我这么一说，竟给了一个令我震惊的回答：

“花菜啊，这个人并不是因为你是个好女孩儿才跟你交往，而是因为跟你这样的女孩儿交往对他来说很‘方便’！”

尽管我不愿承认，但我朋友说的一点都没错。像我这样的人，店长说什么我都信，他想让我怎么做我都会照办。对他来说，再也找不到比我交往起来更“方便”的好女孩儿了。被朋友这么一点破，我整个人被打击得一蹶不振。原来是这样啊……原来我只是交往起来很“方便”，所有的一切都可以这么解释啊。原来，我竟被他耍了……

于是，我下定决心，删掉了他的号码，也不再去店里找他。就这样过了一阵子，店长又主动找到我，说是店里要举办一个赏樱花的聚会，问我愿不愿意过去唱歌。

明明我都已经决定要放弃这段感情了……可我又非常想在众人面前唱歌，最终，我还是去了赏樱聚会。店长趁机告诉我说，他还喜欢着我，我居然也就相信了。于是，我又决定再次回到他的身边。女人啊，真是脆弱的感情动物。

不出所料的，我们重归于好没多久，店长就又中断了和我的联系。然后突然有一天，店长来电话说他要回北海道去。他连出发的日子都没有告诉我，就真的离开了。

我这时所创作的歌曲，就是那首我在歌手大赛上演唱的《背影》。

真是流年不利啊……

然而，虽说和店长在一起的痛苦记忆很多，但也正是因为受了很多委屈，思考了很多，我才因此创作出了很多首歌曲。等到我意识到这一点时，我发现在与店长交往期间，我竟已写出了二十首歌。从这个意义上讲，我还是很感谢这段痛苦的经历的。

在和店长交往的这段经历中，我感触最深的还是，即便交往也不能失去自我。压抑自己最真实的想法，一味地迁就对方，虽说这也是一种为爱的付出，但我在这样的感情中迷失了自己，这样的交往也就失去了它自身的意义。我把这样的感悟，写进了那首《为了可以常常微笑》中。

店长后来的“出轨”，我自己也有一定的责任。因为怕吵架、怕被讨厌，所以，我和店长在一起时什么都不敢说。看来从今往后，不管和谁交往，哪怕会被对方厌恶，我也要把自己真实的想法一五一十地说出来。

最后，我是这么和店长说的：

“愿你能和一个更加理解你、更好地支持你的女性相遇。我想我现在还无法做到支持你。我自己还是个孩子,还不成熟。"

店长回到北海道后,偶尔也会回川西来。他还会跟我联系,这使我很恼火。我很想好好教训教训他。

"去就去。不过,我会在约会中途悄悄溜出来,把店长一个人晾在那儿!"

我向妈妈和盘托出我的计划,结果妈妈问了我这样一个问题:

"你在和店长交往的时候,难道就从来没有开心过吗?"

"基本上没有。真要说开心,也就只有最初的一个月吧!"

"那么你在那一个月觉得幸福吗?"

"嗯,那一个月还是很幸福的。"

"那就够了。如果你现在想着要去报复店长,那么你们两个之间,就连那一个月的开心和幸福都会变成令人不快的回忆。"

妈妈的这番话,意外地在我心里产生了震动。

对于发生的同一件事,人们是能将其往积极方面转化还是往消极方面转化,完全取决于自己的处事方法和态度。我第一次从妈妈身上学到了这个道理。

从那以后，无论我遇到什么事情，尤其是痛苦的经历，我都会想起妈妈的这番话，以积极的态度渡过难关。

相遇和别离

2005年9月的某一天,我随意闲逛,偶然来到住所附近的一家小酒吧,我在那儿一边喝点酒,一边写歌词。

“刚下班吗?”

“是的。”

“请问您是做什么工作的?”

“算是歌手吧……”

酒保也许是注意到我是一个人来的,于是过来和我随意地聊起天来。听说我是歌手,他表示想听听我的作品。我便把新出的CD送了一张给他。或许酒保挺喜欢我的作品吧,他时不时地把我的CD拿出来放,用它来做为酒吧里的背景音乐。

我的第三位男友就是我曾提到过的那个“他”——那个自己经营了一家餐厅，长得像大猩猩一样的人。他是这家酒吧老板的朋友。据说，他在酒吧里听到我翻唱的《田纳西华尔兹》之后，特意找到老板询问。

“这是谁的歌？从没听过这个版本的《田纳西华尔兹》呢。”

“哦，这是最近常来我们酒吧的一位客人唱的。”

老板把我的CD拿给他看后，他居然认出我来，说是在电视上曾听过我的《奶茶》那首歌。

据说，他和老板后来聊了许多关于我的事，他还要求老板下次把我介绍给他。

10月的某一天，我又一次一个人在酒吧喝酒时，碰巧他也在店里。

在那之后，我们又在酒吧里见过几次。我发现我们两个人十分合得来，便答应与他约会。我们的关系进展之快，连我自己也吃了一惊。

其实，我曾给自己定了一个规矩：在决定正式交往之前，至少要和对方约会三次。因为，我自己都不敢信任自己看人的眼光。但是我想，即便我的眼光再差，经过三次约会，多少还是能了解一个人了吧。因此，每段恋情从相遇到确定交往，都需要花上一段时间。可是我和他，却在两周之内就已约会了五次。然后，我便决定开始正式与他交往。仅仅只用了两周的时间，这可创了我自己恋爱史上最快的纪录。

这，就是我和他的相遇。

刚认识他没多久，我对他就有一种似曾相识的感觉，觉得很安心。

和他在一起，我完全不用刻意准备或改变，只要自在地做自己就可以了。他对我的一切都很包容。只不过，也许是因为他在国外生活的时间较长，他的有些行为总让人觉得有点怪怪的。

关于他的轶事，一时半会儿都说不完呢。

比如，他会没有任何预兆地突然“哇——!!”地大叫一声。因为他块头大、长得像大猩猩，周围的人经常会被他吓一跳。再比如，他会突然在路上和不认识的人开口说话。

我听说，他还做过这么一件搞笑的事情：有一次他在路上走着，和迎面过来的人撞了一下，结果因为对方硬来找他的碴儿，他也火了。两个人吵了起来，他一手抓住对方的衣领，眼看就要升级为暴力事件了。就在这时，他一脸严肃地逼近对方，说了一句："说'对八起'。"对方回他："搞什么啊？什么叫对八起？"结果他却重复着："说'对八起'。"非要逼对方用这种腔调跟他道歉。对方觉得这样下去显得实在太傻了，便悻悻而去。

他看人的角度也与众不同。比如他餐厅里的店员待客出了问题，让他很为难时，我建议他开除那个店员，可他却拒绝了。他说想给那个店员改过自新的机会，他认为自己可以让对方改变。是的，他就是这样一个不会轻易否定别人的人。

我和他的交往非常顺利。我来东京之后，总算有了安心的感觉。

然而，就在这种状态下，不可思议的事情发生了。

恋爱进展一顺利，我就写不出歌来了。等意识到这个问题时，我已经有好一阵子没出作品了。

这下我开始着急了。我拼命地想创作。可是，不管是歌词也好还是旋律也好，我都完全没有灵感。

我的心情越来越低落。我只要在家里，就会拨弄吉他，希望能够写出曲子来。可再怎么加油努力，时间一点点地过去，我依旧什么灵感都没有。

事情不应该是这样的呀。

我仔细一想，在此之前，我的绝大多数作品都是在我因恋爱不顺而痛苦时创作出来的。而人一旦觉得幸福了，头脑里的歌词和旋律反而消失了。恋爱痛苦才有灵感?! 如果真的是这样的话，那创作歌手是一个多么令人痛苦的职业啊。

我想，如果我再这样继续和他在一起，我的创作灵感将会越来越少。我被这样一种恐惧感所笼罩着，整个人坐立不安。于是，我和他之间也就渐渐地开始疏远了。

人啊，真是奢侈的动物。我明明可以被另一个人想念着、关爱着，明明可以非常幸福，明明希冀着可以在某个人的心目中排在第一位，可却又在得偿所愿之时，因为安心而失去了创作灵感，进而也失去了心灵的满足感。

为了成为一位出色的母亲

其实，我甚至考虑过要和他结婚。他的经济实力很不错，就算我婚后立刻当全职主妇，经济上也完全不会有问题。但我认为，我还没有做好结婚的准备。

还在上高中的时候，我就想过将来要当一个好妈妈。成为一名好妈妈，是我人生的目标之一。但是，怎样才能算得上是一位好妈妈呢？

考虑良久，我得出了以下的结论。

等我将来的孩子懂事之后，他／她一定会有自己的梦想。可能是想开面包店，或者花店，或者想当一名作家，又或者可能想像我一样，成为一名歌手。小孩子都会有很多很多梦想的吧？但不管是什么梦想，作为妈妈都应该用心地全力支持。我就要成为这样的妈妈。为了做到这一点，我自己就必须先努力才行。且不管最终的结果如何，只有在自己年轻时为梦想尽力付出过，我才能成为孩子的榜样。我才能自豪地跟我的孩子说：

“你知道吗，妈妈啊，八岁的时候就想成为一名歌手，然后就为了这个梦想拼命地学习、练习唱歌。你看，妈妈后来真的梦想成真了。”

老实说，我觉得梦想最终有没有实现并不是最重要的。当然，如果能实现，这番话听起来会更有说服力。但总的说来，我觉得人只要拥有梦想，为之努力过，付出多少就会收获多少，这才是最重要的。哪怕最后的结果不尽如人意，自己在奋斗过程中付出的努力和收获也是巨大的。“尽你的全力去追寻自己的梦想吧！”我想成为有资格这样教育孩子的妈妈。

为了我的这个目标，我要问心无愧地生活；为了组建幸福的家庭，我自己还需要更加地成熟和成长。

然后，当我觉得自己已竭尽全力，且时机成熟时，那才是我该结婚的时候。

如果我自己感觉还没有尽到全力，还不够成熟，那就意味着在结婚前，还有许多该做的事情在等着我。

所以，我想我不能再过度地依赖他，仅仅因为轻松、因为安心，就此和他结婚。我觉得我不能就这样逃避自己在成长中可能遭遇的挫折。

回想和他在一起，我还明白了一个道理：

“花不是一开始就会开的。首先要播种，才会有花香。”

为了让花儿盛开，得从播种，不，得从松土开始做起。还须坚持每天浇水、施肥，真心投入自己的关爱，这样才会有花蕾，花儿才会盛开。

而我现在，就还处于松土、施肥的阶段。要等到我这朵鲜花盛开，还需要很长一段时间。我不会心急，而会去尽情地沐浴阳光，一点点、一点点地等待绽放。

如今我做的一切努力，就算现在看起来似乎是无用功，其实，也都是为了将来有一天，鲜花美丽绽放的那一刻。

晴朗的日子就沐浴阳光，下雨的日子就让心灵休养。

即使失败，花儿枯萎，但也无妨。只需重新再撒一颗种子便是。日复一日，让心中的花儿盛开。

2009年7月,在考虑、犹豫良久之后,我决意和他分手。

也就在那时,我决定,为音乐赌上我的2010年。

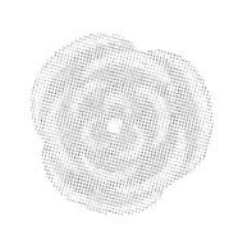
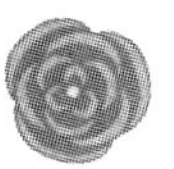
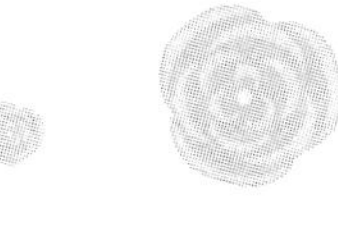

第六章 歌曲《厕所女神》的诞生

烦恼的日子

外婆的葬礼结束后，我又回到了东京，又回到了一个人在东京奋斗的生活。

我知道不该一直沉浸在悲伤之中，所以，我每天让自己忙着作曲、填词、录歌、拍摄音乐录影带、出席各种现场演出活动。

大家看到我这么写出来，或许会觉得我的生活看起来很充实。然而事实上，植村花菜，此时正处于人生的谷底。那段时期的日记，每天每页都写满了烦恼。即使我现在翻出来看，仍然会觉得难受。那时，虽说每天都异常忙碌，付出却没有获得应有的回报，于是我整个人都变得很烦躁。

很多不同的人，给我提了各种各样的意见：

你没有作曲的天赋。

你的歌词还要再有点意境才行。

歌词要有画面感，要让听众体会到你字里行间的情感。

指手画脚的人很多，可当我真正问他们具体应该如何修正提高时，却又没人能够回答。他们都只想把在别人身上看到的大红大紫的方法，强加到我身上。

最后甚至还有人这样告诫我：“像你这样现场演唱时没有紧张感，是不行的。”

我人生第一次上台演出时，紧张得心都快跳出来了。这导致我的实力完全没有发挥出来。我后悔极了，当时便痛下决心，今后演出我绝对要做到不紧张。结果在那之后的每次演出，我真的没有再紧张。每次上台前，我都想象着自己刚刚还舒服地坐在家里吃着橘子，随后便以这样放松的心态上台演唱。可是，工作人员看到我这样，却纷纷指责：“你这样不行。真正的专业歌手站在台上时，多少是会有点紧张感的。”

原来竟是这样啊，不紧张反而不行。那时我刚入这行，觉得自己的确什么都不懂，所以被别人的看法和意见弄得团团转。

我是个很容易接受暗示的人。因此,在被工作人员提醒过后,我真的又开始在现场演出时紧张起来。最让我难忘的一次经历,是我第一次参加录制NHK电视台的Pop Jam① 节目。我整个人紧张到想吐,结果正式演唱时,我竟然跑调跑得把自己也吓了一大跳。

走下舞台的那一刹那,我的眼泪掉了下来。我到底在做什么呀!好不容易有这么难得的机会上这个节目……

因为这次的失败,使我知道自己就是那种一旦紧张就会把一切都搞砸的人。于是,我下决心做出一个决定:从今往后,即使再被工作人员告诫演出时要有紧张感,我也不予理会,坚决不再紧张了。(从那次之后,我真的做到了这点!)

此外,专辑制作的工作也把我逼得很紧。一般来说,在歌手的专辑筹备中,关于专辑的卖点或者所走线路,公司都会提供一定的战略策划。可轮到我时却完全不是这样。除了专辑发行的时间以外,其他所有的工作,如专辑的内容、风格的确定等等,都交给我自己一个人来决定和完成。所以,在那段日子里,为了

① 1993年4月4日至2007年3月16日,日本NHK电视台播出的一档面向年轻观众的音乐节目。

赶上专辑的发行时间,我的生活就是每天埋头一首接一首地写歌。

我身心俱疲。对歌手来说,发行 CD 明明应该是件很幸福的事情,可我却觉得并非如此,因为我一个人实在没法完成。我感觉自己的能量快被耗尽了,整个人几乎变成了一架机器。而且,每天,我只有在家做饭、吃饭的时候,才会感觉到一点幸福。我喜欢看一份叫"Orange Page"的美食杂志,我会一边参考上面介绍的美食,一边自己尝试着去做。每天只有在吃着自己做出来的食物时,我才有一种"在活着"的感觉。

没想到以自己的喜好作为事业,竟也会感到痛苦……事业,并不是仅靠喜欢就能坚持下去的。我从小就最喜欢的音乐,原来也能让我如此痛苦。

我这么努力地付出,却没有应有的回报。我不禁感叹也许"这就是我的命"。或许这才是真正的人生吧,即便意志再坚定、再坚持不懈地努力,也还是会有实现不了的梦想。

但是,但是我是真心地喜爱音乐啊。

何况,我还有我的家人,我要用自己的音乐来守护他们。

如果我只是单独一个人的话,我可能会就此认命，半途就放弃成为创作歌手这个梦想。可是，我有我的家人，我还要为了他们继续地写歌唱歌。只要我坚持唱下去，有一天，我们全家一定能重新凝聚为一体。所以，我不能就这么轻易地消沉下去。

其实，我也收到过歌迷的来信，说他们被我创作的歌曲所救赎。因为有这样一些等待和支持我作品的歌迷们存在，我更加意识到不能轻易放弃。这么看来，其实是我被他们所救赎。

还有很多歌迷表示，我的声音听起来很温暖，给人以母亲的感觉。这样的感觉当然让我无比高兴，同时也成为我继续坚持下去的动力。我坚信，无论何时何地，一定会有人在某处以某种方式支持着我。

那些一直以来支持我的歌迷朋友们，我真的非常感谢你们。

出道三年，我觉得自己再这样下去也许将不会有任何改变。于是，我决定和当时的经纪公司解约。而唱片公司仍留我继续工作了一段时间，然后机缘巧合，我遇到了现在这家经纪公司。

公司和社长的支持，成了我心灵的支柱。从小成长于一个没有父亲的家庭，对于这样的我来说，社长就像是我的父亲一样。我经常会想，我要是有这样的父亲就好了。

在某次采访中，当社长被问及我的个人魅力时，他的回答是："不畏困难。"

这话若由我自己说好像有些厚脸皮，但实际上我的确是个"不畏困难"的人。不管发生什么，我都无所畏惧。"不畏困难"也可以说成是"不放弃"，而"不放弃"，就意味着"相信自己"。

当然，我偶尔也会有不安和丧失自信的时候。但总的说来，我始终坚信，只要自己努力，就一定能够成功。

我想，这大概和我成长的环境有关。小时候，我真的很痛苦，常想着为什么自己会成长在这样的家庭，总希望自己可以出生在更幸福的家庭里。

然而，人果然都是在受伤和痛苦中学习成长起来的。我之所以现在会唱歌，也是因为我来自那样一个有点与众不同的家庭。我的确吃了不少苦，但是换个角度看，这些苦也都是些很有趣的经历。让我拥有这些有趣经历的，就是我的这个与众不同的家。

我想，人生，就是开心的事情越多越好。

同一件事，从这个角度看令人痛苦，换个角度看就能让人开怀。那么，可以一直从积极角度看问题的人生，就赚到了。

如果人人能做到这样，那么无论生活中遇到什么困难，都能坚强地活下去。

《厕所女神》的诞生

2009年12月31日，为了准备参加NHK广播电台的押尾光太郎先生的十五小时现场广播，我来到了NHK的后台休息室。我周围站着的都是当晚出场参加NHK电视台红白歌会[①]的艺术家和工作人员，现场非常拥挤热闹。

台上传来了倒数的声音：

“……5，4，3，2，1！新年快乐！”

在新年到来的喜庆氛围中，我和经纪公司的社长

① 红白歌会，日语为“紅白歌合戦”，由NHK（日本广播协会）每年举办一次，是一场代表日本最高水准的歌唱晚会。参赛者都是从当年日本歌坛中选拔出来的最有实力、人气最旺、受到广大歌迷喜爱的歌手。红白歌会在每年的12月31日举行，相当于中国的“春晚”。

对看了一眼。

“他们没有过来通知呢。”

“那也就是说自动延期了。”

这是我的最后一线希望。此时，出道四年，一直没能大红大紫的我，已经做好了一切准备，今年 King Records 唱片公司有可能跟我解约。

我与他们的合约每年 3 月签一次，一次签一年。如果唱片公司决定不再续约，便会提前三个月通知歌手。这一天是 2009 年的最后一天，公司仍然没有给我任何消息，这也就是说，我和他们的合约自动延期一年。

棒球比赛中有一种战术，就是打到第九局（也就是最后一局）觉得胜算不大时，便刻意打出路线出其不意的一球，以期绝地反击。对于我来说，在 2010 年到来前的一个月，我也打出了这样精彩的一球。我在那时创作完成了那首描写我和外婆之间故事的《厕所女神》，决定以此放手一搏。

不知为什么，我心里总有一种预感，一定会有什么大事即将发生。红白歌会刚刚结束，NHK 电视台内热闹的气氛还没有散去。就在这时，我和社长异口同声地说：“明年要是也能来参加红白歌会就好了。”

其实在此之前，也就是在这年的夏天，我已经被逼入窘境。我被告知即将要出的专辑有可能是最后一张了。尽管从出道以来，我一共发过九支单曲、三张专辑和一张迷你专辑，原创作品数量并不算少，但是从发行的速度上来说，我已经落后于其他歌手了。以此状态下去，唱片公司很有可能在来年的3月和我解约。

经纪公司的社长也多少想到了这点。不过他告诉我，在主流市场上大红大紫并不意味着一切。歌手即便在主流市场上不那么成功，若想继续唱歌也还是没有问题的。如果真的主流市场这边行不通，到时候再想办法。

我自己当然也做好了心理准备。就算解约，我也要继续唱歌，在朋友和家人面前唱，甚至再回到街头演唱也行。总之无论发生什么，我这辈子都会一直唱下去。

虽说这么想通了，但是，我心里还是会有遗憾。我还没有报答那些支持我、喜欢我、关爱我的人。我还没有报答我的家人，尤其是外婆……只有我事业上的成功，才是对他们最好的回报。所以，无论如何，我想放手一搏,为了他们成功一次。

2009年10月,我清楚地了解到自己来年可能遭遇解约的状态。于是,我下定决心:2010年,我豁出去了!我要把一切都投入到音乐事业中。如果这样全身心地投入一年,我还不能成功的话,那我就放弃在主流市场的拼搏。所以,为了音乐,我毫无保留地赌上了我的2010年!

在2009年6月时,King Records唱片公司曾提出,让我出一张名为《我的根基》的迷你专辑。我想,这种带有回归原点意味的专辑名称,多少暗示着这有可能是我的最后一张专辑了。

而那时,我和我的第三位男友已分手。我又成了独自一人。我决定着手准备制作这张专辑,把自己这几年所有的情感全部都融进去,并将专辑改名为《我的点滴》。

这张专辑的制作人是寺冈呼人先生。我之前和他见过面,听说他总觉得我是个很有趣的人。关于这张专辑,呼人先生有这么个创意:“舞台下的植村花菜是个很有魅力的人,如果能够把一些你个人生活的元素加进专辑中,或许会很成功。”

虽说我自己也常常想过要在作品中更多地展现出自己的个性，但我却不知道该从何入手。歌词写些什么好呢，用什么方式展现呢，我毫无头绪，只好找呼人先生商量。我和他说了很多关于我自己的故事，比如我的家庭环境，我的恋爱观等等。其中，也包括外婆告诉我，只要每天认真打扫厕所，将来就会变成像厕所女神那样的美人的故事。呼人先生明显被最后这个故事所吸引。

"这个故事不是很不错嘛。就把它写成歌吧。"

"啊？这个不行，我写不出来。这只不过是我和外婆之间的一点回忆罢了，我可写不出来。"

"但我觉得这个故事一定能写成一首特别棒的歌。要不你试着挑战自己一下？"

就这样，在呼人先生的要求下，我决定将这个故事创作成一首歌曲。

此时，外婆去世已三年。我关于外婆的记忆逐渐地变淡，虽说也会回想起和外婆之间的点点滴滴，但随着时间的流逝次数也越来越少。

想起外婆，我仍然会充满悔意。外婆一手把我拉扯大，我却从来没有为她弹过吉他，也没有陪她去过她的老家。我还有好多话没来得及对她说。在外婆人生最后的日子里，我因为忙于自己的事情，什么都还没能为她做，还没来得及回报她。

外婆一直支持我选择音乐这条道路。所以，我想用外婆最喜欢的吉他，创作弹唱一首关于外婆的歌，以此来稍稍报答她的养育之恩。

多谢呼人先生给我的灵感，我终于开始创作这首《厕所女神》。

我遇到的第一个问题是，想写进歌词的内容太多，到底应该怎么总结浓缩成一首歌，我毫无头绪。于是，我决定先把我和外婆之间的点滴回忆写成一篇文章。文章的标题叫作《外婆，我回来了》。

《外婆，我回来了》

在我上小学三年级时，我的外公去世了，只剩下外婆一个人独自生活，很是可怜。不知为什么，最后我们家决定由我搬去外婆那里，陪她一起生活。

小时候，就算我被哥哥姐姐们欺负，我妈妈也从来不会帮我。我每次只能哭着去找外婆。正因如此，在几个兄弟姐妹中，我和外婆的感情最好。我想，我搬去和外婆住，她一定也很开心。

其实,我自己家就在外婆家的隔壁,也就是说我妈妈和哥哥姐姐们住的与我就一墙之隔。可是我从吃饭、睡觉到洗澡,所有的事都在外婆家做,几乎不回妈妈家。

我从小就有一个梦想,我将来要成为一个能干的新娘子。所以,从小我就帮着外婆做家事。每天外婆做饭时,我都帮她打下手,在她打扫房间和洗衣服时也会帮忙。

在所有的家务活中,我最不喜欢打扫厕所。有一天,外婆这么对我说:“花菜,厕所里呢,住着一位美丽的女神哦。如果你每天加油打扫厕所,长大以后就能变成像女神那样的美人。”一心想变美的我,听了外婆这么说,从此每天都把家里的厕所打扫得干干净净。就连学校的厕所,我都抢着第一个去打扫。

每天放学回家后,我都会和外婆一起下五子棋。

现在想来,五子棋并不是小学生会喜欢的游戏,我却和外婆玩得津津有味。我的水平因此甚至可以和附近的老爷爷一决高下。

睡觉前,我会和外婆一起听 NHK 的广播或者是乡村音乐的磁带。在所有的歌曲中,我最喜欢的是一首叫作《田纳西华尔兹》的歌。虽说那时我还是个小孩子，但我已经隐隐约约地在想：什么时候我自己也要唱这首歌。

……

我用了十张四百字的稿纸才将这篇文章写完。我以此文章为原案，经过挑选内容、调整细节，最终用它完成了歌词部分的创作。剩下的工作就是谱曲了。然而，我遇到了新的瓶颈。一周过去了，两周过去了，我依然毫无头绪。如果旋律再写不出来，可就赶不上专辑发行了。

焦急不已的日子一天天过去。某一天，我又遇事不顺，小酌了两杯，微醺地回到家。我晕晕乎乎地打开电脑，想着已经出炉的歌词，考虑着如何配曲。就在这时，我突然想起了那首属于我和外婆两个人的《田纳西华尔兹》……好久没听了呢……

就在这一瞬间，我脑子里灵光一现，不如把这首歌写成《田纳西华尔兹》的风格。接下来那一刻，这首歌的旋律仿佛从天而降一般涌入我的脑海，从前奏到结尾，一气呵成。

整首歌全长 9 分 52 秒，这个不同于一般歌曲的长度，给之后的宣传、演出带来很多的问题。但对于我来说，这是属于我和外婆的 9 分 52 秒，每一秒都是必要的。

在唱到外婆住院前的段落处，我把四拍的间奏拉长到八拍，以此表现我撇下外婆一人去东京的情境。被外婆赶出病房直到外婆去世时那段间奏，表现的是那段时间我回忆和外婆在一起的点滴的情境。无论是歌词的长度，还是间奏的长度，对于这首歌来说，都是不可或缺的。

就这样，我录制好了《厕所女神》的样带。

这首歌的前奏，是用外婆最喜欢的民谣吉他弹奏的，这作为献给外婆的歌来说，是再合适不过的了。我自己对这首歌，非常满意。

长达十分钟的主打歌

经纪公司的社长是第一个听到这首歌的人。

2009年11月的某一天，社长在开车去名古屋的路上听了这首歌。据说听完的那一刻，他在车里“哦！”地大叫了一声。社长有个口头禅是“音乐这事儿我不太懂”，但这次他听完歌后，却一个劲儿地说：“这首歌会火哦！”还在半路的社长立刻把车开进附近的服务区停下，给一个唱片界的朋友打电话：“这歌，你觉得怎么样？”

这句“觉得怎么样”除了是询问对歌曲本身的感想，还有一层很重要的意思：这么一首将近10分钟长的歌曲，拿来在电视或是广播上播出，都有难度。

社长当然完全了解这个长度会带来的问题。但是无论他听了多少遍,依然觉得没有任何可以删减之处。于是他决定,这首《厕所女神》以完整长度作为专辑的主打歌曲推出。

据说,后来社长半夜回到家,硬是把已经熟睡的太太叫醒,听这首歌。他担任社长这么多年,这还是头一遭。

说实话,在刚完成《厕所女神》的时候,我内心很忐忑。毕竟,这可以说是一首非常私人的歌,里面描写的百分之百是发生在我和外婆之间的事情……会有人为了这样一首很私人的歌,花钱买这张 CD 吗? 这么想着,我甚至觉得有点对不起我的听众。

不过话说回来,既然这张专辑的名称叫作《我的点滴》,那么关于外婆的回忆就是不可或缺的。尽管是一首超出寻常长度的歌曲,但大家听完后会了解植村花菜曾经是怎样一个孩子。我本想着,这样一首作品充其量就是构成这张专辑的歌曲之一,可怎么也没想到,社长居然决定用它作为专辑的主打。

“这歌很棒,用来做主打吧。”

“啊? 可是这歌有 10 分钟长哦,10 分钟! ”

因为做梦也没想到这首歌会被采用作为主打,所以创作的时候,我也就没考虑过歌曲的长度问题。可是,谁也没听说过有这么长的主打歌啊。

“这个,行得通吗?”

“好歌就是好歌,与长度无关!”

“嗯,是不太有关系。那就按您说的,拿它作为主打吧。”

就这样,在社长的坚持下,《厕所女神》开始了它的征程。

终于,专辑的制作进行到了要提交给 King Records 唱片公司的那一步。当唱片公司的制作部长来到经纪公司的时候,其实我已预见到他是要来和我谈关于解约的事情。然而,当他坐下后,社长只说了一句:“什么都先别说,给我 10 分钟,请您听完整首歌。”据说听完歌后,制作部长对其评价甚高,只是积极要求尽快完成专辑。

后来我得知,那天制作部长的确是来跟我谈解约问题的。然而,就是因为听了《厕所女神》,关于解约的事情他只字未提。这首为外婆创作的歌,改变了我的命运。

尽管这是一首人听人爱的歌,它的长度还是引起了很多问题。很多人希望可以删减一点，觉得以这个长度就没法进行推广宣传。社长却心意坚决："如果要删减，那我宁可不在你这里做宣传！"

因为我自己也坚持认为，这首歌删减掉任何一部分，就会失去它原本的意义。因此，对于坚持保留《厕所女神》原貌的社长，我无比感激。

上帝给你关了一扇门，必定会为你开启一扇窗。

大阪调频 FM802 的人气电台 DJ Hiro 寺平[①]先生，在很久以前就很支持我的发展。这次一听完我的样带，立刻给我发来了短信："真是首好歌啊！虽然很长，但是很有必要。花菜你这次真是写了首好歌呢。"经纪公司的工作人员也因此很受鼓舞。

不久之后，Hiro 先生就在 FM802 播放了《厕所女神》整首歌。

Hito 先生的节目从每天清晨 5 点 30 分开播，在我的那首歌曲一放完，节目网站上就收到了大量听众的反馈：

"哭了！""这是谁的歌？""我想起了我自己的外

① 大阪出身、FM802签约电台DJ。本名寺平博次，艺名ヒロ（hiro）寺平。

婆。”“哭到不能开车了。”

后来我听说，因为反响太好，FM802破天荒地在同一天、同一个节目中把这同一首歌播放了两遍（而且是全长，10分钟）。

就这样，《厕所女神》于2010年1月，首次亮相广播电台。据说后来，就因为这首歌，这个节目的网站一天就能收到两百多封读者来信。

我写的歌，终于传达到了听众的心里。我想，听歌的人一定也同我一样，和他们的外婆之间有很多难忘的记忆。一想到我的歌能引起大家的共鸣，能让更多人回想起曾经的美好，我就非常的开心。

社长经常说好运是最后一刻才降临到我头上的。

是呀，出道五年，作品少人问津，若是一般的人大概早就放弃了吧。但我没有，我坚持到了被解约前的最后一刻，我坚持到了创作出《厕所女神》的那一刻。

这首歌一出名，我首先想到的是：太好了，我还能继续在大家面前唱一年歌。想到我仍然可以在差点失之交臂的主流市场唱歌，我的开心溢于言表。我要充分利用这个得来不易的机会，尽全力继续地唱下去。

从最初开始学习到现在，我作为一个创作歌手，终于有一种站在起跑线上的感觉了。这中间的过程，是长还是短呢？

回首之前的经历，当我开始唱歌的时候、当我刚出道的时候，每次翻开新的一章时，我都会有一种站在起跑线的感觉。但现在看来，那些都是自我感觉良好的“误会”。只有这次，我植村花菜，作为一个音乐人，才真正地站在起跑线上，开始我的音乐征程。

这绝对不是终点。我要成为一个在这条路上能坚持不懈地走下去的音乐人。

完成《厕所女神》后，我意识到这样一件事。

在此之前，尽管我的大多数作品都是恋爱歌曲，但其实我想创作的，并不仅仅只是和恋爱有关的歌曲。只不过在此之前，只要我不谈恋爱（尤其是痛苦的恋爱），我就会失去创作灵感。现在我总算摆脱了这个魔咒。原来创作的内容，除了恋爱之外，还可以是朋友、家人，也可以是人与人之间的羁绊。这些才是我，植村花菜，应该创作的主题。

说到底，我是为了家人、为了家人可以重新团聚在一起，才开始唱歌的。有着这样的出发点，作品里却没有家人的影子，那我到底在创作些什么呢？当然，这并不是说我以后就不会创作恋爱歌曲了。为什么不呢，喜欢上一个人是件幸福的事情啊。从今以后，我会直面心中的一切，全力创作，用心唱歌。

《厕所女神》

不知为何从小学三年级开始
我就搬去和外婆一起住
虽然就在自己家隔壁
但却和外婆两个人生活在一起

每天帮外婆干活儿
也一起下五子棋
可我最怕打扫厕所
于是外婆就说

厕所里呀
住着一位非常漂亮的女神
所以只要每天打扫干净
就能变得像女神那样美丽哦
……

外婆敬启：

外婆，您在天堂，一切都还好吗？

花菜为外婆写了一首叫作《厕所女神》的歌，您知道吗？

我为最挚爱的外婆您，写了这首歌。不过感觉好像把自己的感情展现得太多了，多到我开始担心这样的歌，会不会不太合适唱给大家听。

但是，现在却有好多好多人听了这首歌之后，告诉我说这首歌让他们想起了自己的外婆。我作为创作者，听到这样的感想可真是高兴。

为了创作这首歌，我整理了很多思绪和心情，整个人有一种豁然开朗的感觉。

比如，在花菜成长的我们这个植村家中，有趣归有趣，还真是发生了很多事情呢。但是，正是因为在这样的环境里，我才得到了锻炼，学到了很多，所以从心底感谢我们这个家。

人生，因不同的生活态度而不同。这是我从外婆和家人那里学到的一个很重要的道理。悲伤或痛苦时，遭遇不幸时，外部环境无法改变时，我们所想的应该是如何在这样的环境里苦中作乐。如果只是一味地想着“我好痛苦”、“我好想哭”、“太难受了”，那你就将会一无所获。但是如果正视现实，以积极的态度去看待困难，那么人生将会大有改观。

当然，别看我现在说得这么轻松，之前也遇到很多的痛苦和挫折。在自己怎么都想不通的时候，我会尽力与人沟通，找人商量，寻找解决办法。实在束手无策时，我就坦然地接受这个“命运”，然后选择忘记。

如果为这样那样的事情想不开，其实就是在浪费自己的时间。怨天尤人这种事谁都会做，但是靠抱怨并不能解决任何问题。或许我无法得出一个百分之百完美解决问题的方法,但我坚信一定有什么是自己可以去做的,一定有什么是自己必须完成的。在过去的这些年里,我一直在努力地寻找这些答案。

我最讨厌"理所当然"这种想法。在一天天匆忙的生活中,也许有人觉得很多东西都是理所当然的。然而,我认为,这个世界上没有什么是理所当然的,所有的一切都需要付出和努力。

想想我现在的生活,我每天在大家面前唱歌,我发行CD,工作人员为我做很多准备。我每天还要吃饭,然后健康地活下去。所有的这些,在不知不觉间,都变成了"理所当然"的事情,没有人多想我们为什么要这么做,怎样才能做好。人,就是个依赖于习惯的动物。

但是,这个世界上没有什么比"理所当然"这个想法更糟糕的事情了。任何事情,一旦我们觉得是理所当然的,我们就开始忽略很多东西,我们就会忘记现在拥有的一切都是值得感恩的。我们还有饭吃,我还能在人前唱歌,我的家人们都还很健康……所有的这些,我们都忘了感恩,但其实,这些全都不是那么理所当然的事情。

当然，想要做到时刻努力、时刻心怀感恩，确实是件很难的事。我也时常忘记，因此我要不停地提醒自己“不能这样”。

悲伤也好，吃苦也好，这些绝对不是什么坏事。因为，正是有了这些经历作对比，我们才不会轻易忘记那些应该被铭记的时刻，平凡的日常生活才会变得无比幸福。

外婆，到目前为止，我结识了各种各样的人，果然还是觉得朝气蓬勃、精神饱满的人值得敬慕，我也想成为这样的人。

与人相处时，我希望自己积极向上的气场可以感染他人；我希望可以理解他人的心情，包容并接纳他人。外婆，您以前就是这样的人呢。

我希望大家跟我一起相处的时光，都能觉得愉快。我希望自己的存在，能为别人带来快乐。这是我人生的信条和主题。我始终相信，人的一生，笑容越多越好，快乐越多越好。所以，如果别人跟我在一起时，能够多一点笑容，多一点快乐，我就会非常地满足。

我相信：爱，就是你快乐，所以我快乐。

外婆，谢谢您一直以来的陪伴。虽然这话我没能亲口对您说，但是真的，谢谢您。

因为外婆，花菜才能健康快乐地生活着。

然后，

妈妈，在这个世界上我最爱你了！

桃子姐，要按照自己的想法继续生活下去哦。

小光，花菜什么时候都会站在你这边的。

美绪绪，要做一个超级棒的妈妈哦。

如果有人问我，家人和唱歌，你选哪一个？我一定会毫不犹豫地回答“家人”。

但是，也正是为了我的这些家人，我才会一直一直地把歌唱下去。

因为我相信，歌曲会把每一个人的心联结在一起。

因为我从八岁起，就一直为了这个原因而唱歌。

全家人能够再一次说笑着围坐在饭桌旁，这是一件多么幸福的事啊！为了这一天的到来，我今天也依然在唱歌。从今以后，我会一直唱下去。